十三歳の誕生日、皇后になりました。5

石田リンネ

ビーズログ文庫

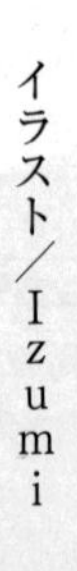
イラスト／Izumi

目次

暁月
赤奏国の皇帝。
「ちょうどいいから」と
莉杏と夫婦に!?
蕗莉杏
まだ十三歳の
赤奏国の皇后。
暁月のことが大好き。
十三歳の誕生日、
皇后になりました。5
人物紹介

期間限定の皇太子。
元道士。

将来有望な若手文官。
莉杏の教師も兼ねる。

進勇の従妹で、
数少ない女性武官。

武官。暁月が
禁軍にいたときの部下。

暁月の乳兄弟で従者。
文官を目指していた。

莉杏が偶然出会った
叉羅国の青年。

序章

かつて大陸の東側に、天庚国という大きな国があった。

天庚国は大陸内の覇権争いという渦に呑みこまれ、分裂する形で消滅した。

新たに誕生した国は、黒槐国、采青国、白楼国、赤奏国の四つである。

このうち、南に位置する赤奏国は、国を守護する神獣を『朱雀』に定めた。

慈悲深い朱き鳥である朱雀神獣は、いつだって皇帝夫妻と民を慈しんでいる――……と言われている。


赤奏国はここ数十年、飢饉が続いていた。しかし、皇帝は飢饉で苦しむ民を救うよりも侵略戦争に力を入れてしまい、少しずつ国が傾いていった。

ついに国が滅びるという危機を迎えたとき、皇帝が急に病気で亡くなり、若き皇子が即位することになった。

新しい皇帝となった『暁月』は十八歳、皇后『莉杏』は十三歳。

他の皇子や官吏からの反発は勿論大きく、暁月の異母兄である堯佑を中心とした反乱も起きた。

皇帝になった暁月は、まず侵略戦争をすべて中止し、飢えた民の救済に力を尽くした。そのため、民を味方につけることができ、堯佑の反乱の鎮圧にあっさり成功した。そして、赤奏国を自分のものにしようと企む官吏を押さえつけることにも成功した。

暁月が即位後の激動の時期を乗り越え、ようやく落ち着いて国と向き合えたのは、その年の秋である。

飢えた人々への食料配給、崩れていた堤防の修理、道や橋の整備……やるべきことは山積みになっているけれど、民の表情は明るい。これから幸せになれるのだと、夢を見られるようになったからだ。

「陛下、今夜は遅くなりそうですか？」

夜遅く、莉杏は皇帝の寝室からひょいと顔を出した。首をかしげると、艶やかな黒髪がさらりと動き、大きな翡翠色の瞳が煌めく。

書類を読んでいた暁月は顔を上げ、身体を伸ばした。

「いや、もう寝る」

「本当ですか⁉　わたくし、寝台をしっかり温めておきました！」

やった、と莉杏は喜ぶ。

即位した直後は、暁月の味方がとても少なく、皇后の警護をする兵士の確保もできなかった。そのため、莉杏は比較的安全な皇帝の私室で暮らすことになったのだ。

しかし、折角晩月と一緒に寝起きできても、晩月はとても忙しいので、毎日共に寝台へ入れるわけではない。

晩月は莉杏よりも遅くに寝台へ入り、莉杏よりも早くに起きて仕事へ行くこともあるのだ。

「今夜は少し冷えていて……、あ」

ぱたぱたという雨音が響き始める。

雨はゆっくりと勢いを増していき、優しい子守歌になった。

「……また雨ですね」

秋の収穫祭が終わったと同時に、雨が降り始めた。そして、なかなか上がらなかった。

昨日、ようやく晴れたと思ったのに、また雨だ。

「明日は道教院に行く日だったよな?」

「はい。あまりにもひどい雨なら延期します」

莉杏は、道教院に寄付を届けるという仕事を任されていた。無理をして馬車がぬかるみにはまって立ち往生することになってしまうぐらいなら、晴れた日に改めて向かう方がいいだろう。

「雨が降ると、龍水河がすぐに暴れる。でも雨は必要だからなぁ」

晩月は寝台に入るなり、難しい顔になる。

莉杏は暁月の横顔を見ながら、龍水河と呼ばれる大きな河についての知識を頭の中で並べていった。

（龍水河の水は、白楼国からたくさん流れてきて、赤奏国の海へ向かう……）

大きな河は、一度あふれたら手がつけられなくなる。

しかし、龍水河から水を引いている運河や農業用水路は、この国に恵みを与えてくれていた。農地の改革や穀物の運搬の歴史は、この龍水河なしでは語れないのだ。

「龍のように暴れ、氾濫した水が龍の尾のように曲がりくねるから龍水河……ですよね」

「そう。その龍を上手く手懐けるのがおれたちの仕事」

「治水と利水ですね！」

河の両側に堤防をつくり、洪水が起きないようにする治水。

河の水を利用し、生活に役立てる利水。

この二つは、国を発展させるためにとても重要で、莉杏はその歴史や仕組みを習っている最中である。

「多少は勉強しているみたいだな」

暁月の手が莉杏の頭を撫でる。莉杏の滑らかな黒髪が、暁月の指の間をくすぐっていった。

「……冷たい。もうそんな季節か」

「これからどんどん冷えてきますから、わたくしは皇后のお役目にもっと励みます！」

「はいはい、頼むぜ」

莉杏は暁月に教えてもらった「皇后の務めとは、皇帝を侵入者から守り、そして皇帝の寝台を温めておくこと」を信じ、毎晩実行している。

暁月は、素直な莉杏に呆れつつも、ほっとしていた。

「あんたの髪、これだけまっすぐだと髪結いの女官が大変だろうな」

暁月がじゃれるように莉杏の髪を一房摑み、軽くひっぱる。

莉杏は、お返しだと暁月の髪を指に絡めてひっぱった。

「そういえば、出会ったときの陛下の髪はもっと茶色だったと思ったのですけれど……」

「ああ、あのあと血を浴びすぎて、色移りしたんだろうよ」

暁月は、この茘枝城を乗っ取るとき、ちょうどよく謁見の間にいた莉杏を騙し、朱雀神獣廟に連れていって結婚した。それから、即位することを朱雀神獣に報告した。すると、突然炎に包まれ、朱雀神獣の声らしきものを聞いたのだ。

――汝ら、真の愛をもつ夫婦なり。我が加護を授けよう。

気づいたら、瞳の色と髪の色が変わっていた。怪我をしてもすぐ治るようになった。他にも、ただの言い伝えだと思っていたことが真実だったりもした。

しかし、それらを細かく莉杏に説明したところで信じるわけがない……と暁月は黙っておいたところもあったのだが、莉杏は暁月の配慮を全力で投げ捨てる。

「わたくしは、血の色が移ったことにするよりも、朱雀神獣さまの加護によって変化したことにする方が素敵だと思います！　その方が絶対に格好いいです！」

莉杏が己の好みというものを強く主張すると、暁月は疲れたような声を放った。

「あんたの死ぬほどくだらない好みが、真実を見抜いているなんてな……」

暁月は、素直に最初からそう説明しておけばよかったと後悔してしまう。

「ほら、寝るぞ」

「はいっ」

莉杏を抱きしめれば、ぬくもりがじわりと暁月の身体に伝わってくる。

暁月は、昔は鼻で笑い飛ばしていた『独り寝が寂しい』という感情を、今になって理解できるようになってしまった。

一問目

赤奏国の皇后は、皇帝に次ぐ地位と権力をもつ。

皇帝と皇后は比翼連理の絆で結ばれていると考えられているため、皇帝になにかあったときは皇后に全権が託されることになっているのだ。

皇太子は、皇后から皇帝代理として指名されない限り、皇太子でしかない。……とはいっても、歴代の皇后は『後宮の主』以上のことはしなかった。

莉杏は、暁月に言われた言葉を思い出す。

——今のあんたには、『権力はあるけれど使わない』ぐらいがちょうどいい。

この言い方からすると、莉杏次第で皇后の仕事内容が変わるのだろう。

「まずはできることからです！」

莉杏は、皇后としての勉強をがんばる以外にも、皇后として道教院に寄付を届ける仕事をしたり、後宮に設置したお手紙箱の制度を整えたりもしていた。

今日はそのできることの一つ、お手紙箱を開ける日だ。

お手紙箱とは、そこに手紙を入れると皇后に読んでもらえるという単純な制度である。

莉杏は、このお手紙箱をいずれは荔枝城のあちこちに、そして国中にも設置するという目標をもっていた。

しかし、『まずは』で設置した後宮のお手紙箱に、色々な問題が出てきた。

お手紙箱に入っている手紙は、実は事前に女官長によって内容を確認されている。つまり、想定していた使い方……誰にも言えない悩みだとか、どうしても伝えたいことだとか、そういうものは書かれていなかったのだ。

そして、宮女は手紙を入れられないようになっている。他にも、名前を書かなくてもいいことにしたため、本人に詳しい話を聞きたくても聞けないという問題もあった。

（きっとこれだけではないはず。じっくり取り組まないと）

莉杏は気合を入れ、いつものように女官長とお手紙箱を開けにいき、入っていた手紙を取り出した。最近の長雨のせいなのか、なんだか手紙が湿っぽい気がする。

「お手紙箱を気軽に使えるようにしたくて、回廊に二つ目のお手紙箱を置いてみたのですが、雨のことを考えるとすべて室内に置く方がいいのかもしれません」

莉杏がどんより曇っている空を見上げると、女官長も同じように空へ眼を向けた。

「ただの雨なら大丈夫ですが、嵐がきたら回廊は濡れてしまいますからね。今は嵐がきたらお手紙箱をしまうことにしましょう」

女官長の言葉に、莉杏は頷く。

少ない人数で後宮を維持している女官の仕事を、あまり増やしたくはない。設置場所は早々に考え直そう。

「どこがいいかしら……。いずれは宮女もお手紙を入れられるようにしたいから、みんなが出入りできるところに二つ目を置いておかないと」

皇帝の私室に戻ってきた莉杏は、ほんのり湿っぽい手紙を早速開いてみた。

「文字がにじんでいたらどうしようと心配だったけれど、大丈夫みたい」

女官長の確認が入っている手紙なので、内容はいつだって莉杏を褒める言葉や、莉杏にも叶えられそうな些細な要望ばかりだ。

早くこの部分もどうにかしなければ……と思いながら読んでいくと、莉杏への褒め言葉ではないところで、少しひっかかる文章があった。

「『雨が続いているので、まだ結婚話も出ていない妹のことが心配です』……、ええっと、このままの意味でいいのかしら……？」

雨が続いたことを心配しているのなら、洪水があったかどうかを調べてほしいと頼めばいい。

しかし、この手紙の差出人は『まだ結婚話も出ていない妹』について調べてほしそうだ。

「『まだ結婚話も出ていない妹』という書き方だと、すごく幼いというわけではなさそう。う〜ん、わたくしよりも少し上の年齢……？」

お手紙箱の問題の一つである『詳しい事情を聞き返すことができない』に、莉杏はまたもや悩む。

「わたくしに妹がいて、洪水が心配だという相談を手紙でするのなら……」

――龍水河の近くに実家があります。長雨が続いていたので、河の様子が気になります。洪水のときに妹が逃げきれるか心配です。

「やっぱり、この手紙には言葉が足りないわ」

手紙の差出人には、他にも言いたいことがあるはずだ。けれども、女官長の確認を気にして、このような表現を選んだのだろう。

「陛下に訊いてみましょう。陛下には異母妹もいらっしゃるし」

莉杏は夜になるのを待つ。

そして、暁月が寝室に入ってきたらすぐに手紙の話をした。

「まだ結婚話も出ていない妹？　それって十四、五歳ぐらいか？」

莉杏が、この手紙はわざと『言いたいこと』を抜いて書かれたものではないかと言えば、暁月は鼻で笑う。

「あ～、なるほどねぇ。……――『生贄』かもな」

雨の音が聞こえる中、暁月の声がやけに響いた。

莉杏はしばらく言葉を失ったあと、おそるおそるくちを開く。

「いっ、生贄⁉」

「物語ではよくあるだろ。『清らかな乙女を河伯に捧げる』ってやつ。おれは生贄の儀式なんてものを見たことはないけれどな」

「わたくしもありません！　恋物語での生贄の儀式はいつだって恋の始まりです！」

物語の中で生贄にされているのは、若くて美しい未婚の娘である。

化け物に襲われそうになった生贄の娘が、素敵な男性に救われ、恋が始まる……という物語を、莉杏はたくさん読んできた。暁月には「どれも同じ話に見える」と言われたけれど、莉杏にとっては細かい違いのあるまったく別の恋物語である。

「陛下が見ていないのなら、実際にはない……のですよね？」

莉杏がびくびくしながら確認すると、暁月は少し考えてから答えた。

「逆にあるかもな。おれは皇子だったし、生贄の儀式が伝わっていそうな閉鎖的で貧しい田舎に縁はない」

暁月の言葉に、莉杏はぞっとしてしまう。

物語の中の話だと思っていたことが、現実にあるのかもしれないのだ。

「実際にあるかどうかを確かめるのは難しい。村人全員に同じ嘘をつかれたら、それはもう嘘ではなくて真実だ。そいつらの身内になるか、時間をかけて証拠を探すしかない」

莉杏は、似たような話があったことを思い出した。

かつて後宮で、一人の女官がとある妃に陥れられ、自ら命を絶ってしまうという悲しい出来事があったのだ。

みんなで嘘をつけば、彼女がどれだけ違うと言っても信じてもらえない。

「わたくしが考えすぎているだけならいいのです。ですが、もしこの国で生贄にされそうになっている人がいるのなら、わたくしは助けたいです」

莉杏の決意を、暁月は笑う。

「助ける……ねぇ。助けてもまた別のやつが生贄になるだけだ」

根本的な解決にならないことを暁月が指摘すると、莉杏は言葉に詰まった。

「わたくしが皇后として、そんなことはやめるようにと言えば……！」

「村人たちは『そうします』と言って、陰でこっそりやる」

莉杏は、これはとても難しい問題なのだとようやく気づく。

「うう〜……」

「さぁ、どうする？」

暁月は莉杏の答えを待っていた。

（……そもそも、女官が生贄について心配していたのかもよくわからないわ）

わからないのなら、わからないなりに事実をはっきりさせるところから始めよう。

「まずは見てきます！」

「それしかないよなぁ」

見てわかることでもないだろうけれど、ここで悩むだけになるよりは、なにかを摑めるかもしれなかった。

武官の功双秋の実家は、武官を何人も送り出してきたという名家……ではなく、ただの大地主だ。

ただの大地主は、双秋の立派な後ろ盾になってくれるわけではない。おまけに、かつての上司の暁月から「一言多いどころか三言多い。それが原因で出世できない」とも言われていたので、双秋は自分の将来にまったく期待していなかった。

しかし、かつての上司との縁がなぜか続き、皇帝位の簒奪を手伝うことになり、そしてかつての上司は皇帝『暁月』となり、皇后『莉杏』とも親しくなった。

人生ってわからないねぇと呟いた双秋は、曇り空を眺める。

「皇后陛下、水門の確認は我々でしますので、馬車から降りないでくださいね。他に気になることがあれば、俺が代わりに見に行きますから」

馬車の中から水門を興味深そうに見ていた莉杏は、双秋の言葉に頷いた。

莉杏は、首都近くの水門の視察という皇后の仕事の合間に、他に気になること——……龍水河周辺の村や街で生贄の儀式が行われているかどうかを探るつもりでいるのだ。

(でも、まずは視察のお仕事をしっかりしないと……!)

莉杏が水門を視察しても、水門の状態がわかるわけではないし、水門が勝手に直ってくれるわけでもない。この視察の目的は、水門ではなくその近くに住む人々である。

莉杏は、『偉い人による視察』を龍水河の近くに住む人たちに見せ、村や街に足を運んで水門や堤防の様子を尋ね、皇后陛下が馬車の中にいるよと匂わせ、今代の皇帝夫妻は民を気にかけるとても心優しい方だと皆に思わせなければならないのだ。

「今回は、碧玲よりも双秋の方が適任だと陛下がおっしゃっていたので、双秋にはがんばってもらいますね!」

莉杏が双秋に笑いかけると、双秋は頭をかいた。

「あのですねぇ、俺の実家は翠家のような名門一家ではないですけれど、武科挙試験を受けようと思う程度にはそこそこ裕福なんですよ」

文官登用試験である科挙試験と、武官登用試験である武科挙試験。

どちらも才能だけで合格できてしまうような試験ではないため、事前に受験用の教育を皆が受けている。

双秋も、乗馬や武術、弓といった武科挙試験に必要な技能を、家庭教師を雇ってもらって身につけた。

「実家は地方にありますけれど、賑やかで大きい街でした。生贄みたいな物騒で古臭い儀式をする話なんて、見たことも聞いたこともありませんよ。でも、まぁ、あの翠家の進勇殿や碧玲殿よりは、田舎の村で役立つでしょうけれどね」

馬車が水門近くに止まると、数人の武官が水門の様子を見に行く。残った者は偶然通りがかった人に声をかけ、どこに住んでいるのか、この辺りで危ない堤防や橋はないかと訊いていた。

「皇后陛下、水門の確認が終わりました。異常なしです」

報告を聞いた莉杏がほっとしていると、双秋はどうなのかなぁと顔をしかめる。

「ここの水門は、水量を調節して逆流を防ぐためのものです。きちんと動くし、ひびが入っているわけでもないんですが、古すぎるのでいつ壊れても納得できるんですよ」

「今のうちに新しいものへ取り替えないのですか？」

「壊れたところが最優先なので、ここも壊れてから取り替えることになりそうですね」

莉杏はちらりと水門を見る。

「ですが、壊れたら近くの街が危ないですよね……？」

「ええ、とても危ないです」

危ないとわかっているのに、そのままにするしかない。この国にはそういうものがきっとあちこちにあるのだろう。

「陛下は、地元の金持ちにも治水工事に協力してもらうことで、工事資金と人手をどうにかしようとしています。でも、放置されてきたところが多すぎるんですよね」

治水工事は禁軍の仕事だけれど、禁軍の予算には限りがある。

そこで暁月は、地元の人にも一口いくらで金を出してもらうことにした。金を出したら、完成記念の石碑に、皇帝と共に名前を刻んでもらえるという栄誉が与えられるのだ。

（皇帝陛下と共に名前が刻まれるという栄誉に『価値がある』と思わせるためには、陛下の評判をよくしなければならない。わたくしのこの視察にも大きな意味がある）

しっかりやり遂げるぞ、と莉杏は拳をつくる。

「皇后陛下、街に着きましたよ」

水門近くの街は、莉杏の足でもすぐに一周できてしまいそうな大きさしかなかった。わざわざ馬車で移動すると逆に面倒だけれど、皇后の莉杏が自由に歩き回るわけにもいかない。

おとなしく馬車の中で座っている莉杏のために、外にいる双秋があれこれと指を差し、詳しく説明してくれた。

「馬車を停めてくれ」

街の中央にある大きな木。そこで立ち止まるように命じた双秋は、幹を指で撫でる。

「前の洪水のときにここまで水がきたみたいですよ。ほら、色が違いますよね」

「大人の頭よりも高い……」

莉杏は、洪水のことを『河から水があふれてくる』というものだと思っていた。

それはたしかに正しいのだろうけれど、ここまで水が押しよせていたという事実を見せられると、『河の水が襲ってきた』という表現の方が適切だとわかる。

「俺たち武官は『危ないところから引っ越せ』と簡単に言ってしまうときがありますけれど、故郷ってやっぱり大事なものです。誰だってできれば守りたいですよ」

双秋の言葉を、莉杏はゆっくり呑みこんでいく。

赤奏国が危ないから国外に出ろと言われても、莉杏は首を横に振るだろう。危なくても残りたいという皆の気持ちはよくわかるし、悲しい決断をさせないようにしたい。

「街の中を一周したら、この街の偉い人の家の前で馬車を止めて、偉い人とちょっとだけ話をしましょう。その間、俺は街の人と話をしてきますね」

集団で移動しているときよりも、一人で歩いているときの方が警戒されにくい。

街の人がよその人に秘密の風習を打ち明けることはないだろうけれど、街の人の表情が暗いだとか、早く追い返そうとしているだとか、そういう気配ぐらいは感じられるかもしれないと双秋は言った。

では、と双秋が馬車を再び進めようとしたとき、鋭い声が響く。

「おい、待て！　誰かそいつを捕まえろ！」

莉杏を守っている武官たちの表情が変わった。

馬車を守る者、警戒しつつ様子を見にいく者、事前の役割分担に従ってそれぞれが動き出したとき、なにかがぶつかる音がする。

「こいつ、いい加減にしろ！」

「動くな！　誰か縄をもってこい！」

荒々しい声が聞こえた。どうやら捕物があったらしい。

すりか、それとも物取りか。

事情はわからないけれど、この馬車が襲われるわけではなさそうだとわかり、ほっとする。

しかしそのとき、莉杏は耳へ入ってきた言葉に違和感を覚えた。

（今のは叉羅語……!?）

いけないことだとわかっていても、馬車の窓から顔を出して外を見る。

運よく、莉杏の視界に入るところでこの騒動は発生していた。

（あの人……叉羅国人⁉）

数人の男に押さえつけられているのは、日に焼けた肌に異国風の服を着ている若い男だ。

「離せ！」

捕まった叉羅国人から出てきたのは、この国の言葉だった。

赤奏語も話せるのかと驚いていれば、彼は布でくちをふさがれてしまう。

「なにがあった⁉」

武官の一人が事情を聞けば、叉羅国人を押さえこんでいる男の一人が答えた。

「物取りの男が逃げたんです。いやいや、足が速くて大変でした」

「そうか。逃がさないように気をつけろよ」

莉杏が乗っている馬車は、明らかに金がかかっていて、そして何人もの武官に守られている。どこからどう見ても、偉い人が乗っているとわかるため、叉羅国人を捕らえた街の人たちは何度もこちらに頭を下げ、騒がしくして申し訳ありませんと謝っていた。

「……双秋、中へ」

莉杏は、馬車の外で騒動を見守っていた双秋に声をかける。

双秋は「はいはい」とすぐ馬車の中に入ってきた。

「皇后陛下、どうかしましたか？」

莉杏は捕まった叉羅国人の様子を見つつ、隣に座った双秋へ囁く。

「『助けてくれ』と聞こえました」

叉羅国人の青年は、助けてくれのあとにも、なにか他の叉羅語を言っていたはずだ。あれはどういう意味だろうか。

「皇后陛下にもそう聞こえましたか」

双秋が面白がるように、しかし、小さな声で返事をする。

「わたくしは、外交で役立つような叉羅語を少し習っているだけです。聞き取れる単語はとても少なくて……」

「俺も禁軍で簡単な叉羅語を習っただけです。でも、まあ、武官が知っている叉羅語なんて、緊急時に使う実用的なものばかりですよ」

双秋は、相手を威嚇するための言葉や、交渉をするための言葉、そして助けを求めたり求められたりするときの言葉なら幾つか知っていた。

「『殺される』と言ったんです。あの叉羅国人は」

叉羅国人が「助けてくれ！　殺される！」と叫んだ。

その叉羅国人を街の男たちが捕まえ、物取りだと説明した。

この騒動に不自然なところはない。叉羅国人がなにかを盗もうとして追いかけられ、眼の前にいる偉そうな人に大げさな嘘をついて逃げようとしただけだと納得できてしまうからだ。

「双秋、『他に気になること』ができました。わたくしは、あの叉羅国人の方が着ている服の模様に見覚えがあるのです」

　赤奏国の南西に位置する大国、叉羅国。

　戦争をしたりしなかったり、友好国になったりならなかったりし、そういう関係ではあるが、暁月が皇帝になってからは『ただの隣国』という扱いになっていた。

　今の赤奏国には戦争をする余裕なんてものはないため、どの隣国とも仲よくしておきたい。これからは外交というものが重要になってくるので、莉杏の皇后教育には『異国語での挨拶』と『異国の文化や歴史の知識』というものが含まれている。

　まだまだ勉強中だけれど、偶然にも学んだ知識がここで出てきた。

「叉羅国には三人の司祭がいて、司祭は国王陛下に次ぐ地位をもっています。そのうちの一人、ヴァルマ家の司祭はアルディティナ神とノルカウス神という夫婦の神を信仰していて、それぞれの神の模様をヴァルマ家の模様に取り入れているのだそうです」

　叉羅国人が着ている外套の袖に、夫婦の神の模様が描かれていた。つまり――……。

「あの叉羅国の方は、おそらくヴァルマ家の者です」

　本当かどうかはわかりませんが、と莉杏がそっとつけ足せば、双秋がため息をついた。

「うちで言うなら、あの叉羅国人は吏部尚書の身内ってことなんですね。……う～ん、本当にヴァルマ家の人間なら、異国で犯罪をするときにわざわざそんな服を着ることはな

いでしょう。家名に泥を塗る行為ですから。あの異国人がヴァルマ家の身内を騙っているのなら、……そうか、この国で騙っても、ほとんどの場合は『ヴァルマ家ってなんだ？』で終わってしまう。捕まったあとにヴァルマ家であることを主張しても確認されるだろうし……ということは、……おお？」

莉杏が言いたいことを、双秋は察してくれた。

「『助けてくれ、殺される』。あの方のこの言葉は、そのままの意味なのかもしれません」

長雨を止めるために、生贄を用意する集落があるのではないか。

そんな心配から始まった視察の最中に、叉羅国のヴァルマ家の身内らしき人物が助けを求めてきた。

「生贄には若い乙女というのが定番ですけれど、でもちょうどよく飛びこんできた異国人がいれば、そっちにしたくなるでしょうねぇ」

現時点ではなにもかもが想像の話だ。莉杏は、まず情報を集めることにする。

「双秋、彼と話をすることはできそうですか？」

「この街の人に頼むことはできますよ。でも、この街の人が本気であの叉羅国人を生贄にするつもりだったら、我々に『逃げられました』と言っておしまいにします。応援を呼んで大がかりな捜索をしてもいいですけれど、その間にあの叉羅国人は龍水河へ沈められてしまいそうですね」

不用意な接触はやめた方がいい。そして時間もない。

莉杏は覚悟を決めた。

「あの方を連れ出せますか？」

「ええ、勿論。素人の軟禁なんて、武官なら簡単に突破できます。お任せあれ」

双秋があっさり引き受けてくれたので、莉杏はほっとする。

「ただし、こっそりやりましょう。あの叉羅国人の身元はまだ確定していませんし、本当にただの犯罪者かもしれません。皇后陛下が犯罪者を庇えば、皇后の名に傷がつきます」

莉杏は黙って頷いた。暁月のためにも、皇后の名を汚してはならない。

「俺はここに残って、あの叉羅国人がどこに連れられていくのかを見ておきます。一応、今晩決行ということで。あとで連絡しますね」

「わかりました」

やるべきことが決まれば、あとは双秋を信じるしかない。

莉杏は予定通りに動き、視察を続けた。そして、そろそろ宿に向かおうとなったとき、ようやく双秋から連絡がくる。

(今夜連れ出すから街の近くの街道まで迎えにきてほしい。……双秋は大丈夫かしら)

双秋たちがどうなっているのか、詳しいことはなに一つわからない。

夜の街道で莉杏は朱雀神獣に祈る。しばらくしてから、馬の足音が聞こえてきた。緊張しながらその音に耳を澄ませる。

「ご希望のもの、用意できましたよ！」

双秋の声だ。しかし、安心するのはまだ早い。声がかなり焦っている。

「街の男たちが追ってきているから、俺たちの行き先を聞かれたら、この先に向かったと答えてくれ！　叉羅国のお兄さん、あんたは馬車の下に潜りこんだ。大丈夫、うっかり馬が動かないことを祈っていればいいから！」

双秋は乗ってきた馬から降り、馬だけをそのまま走らせた。それから莉杏がいる馬車の中に入ってきて、莉杏に覆いかぶさる。

「声も顔も出さないで」

「はいっ」

どうして双秋がそんなことを言い出したのか、すぐにわかった。

勢いよく走ってくる馬車の音が聞こえてきて、莉杏の馬車の近くに停まったのだ。

「おい！　そこの馬車！　走っていく馬を見なかったか⁉」

真夜中ということもあって、相手からは莉杏たちの馬車の装飾がよく見えないのだろう。明らかにこちらを疑っていますという雰囲気の人々が、莉杏の馬車を取り囲んでくる。

「馬なら向こうに走っていきましたよ」

武官の一人が双秋から頼まれた通りに答えると、男たちが詰めよってきた。

「本当か⁉　……なぁ、あんたら、ここでなにをしていたんだ？」

真夜中、街道の端に馬車を停めているこちらは、明らかに怪しい。しかし、それはお互いさまだ。

「中を見せろ！　もしかして匿っているんじゃないだろうな！」

勢いよく莉杏の馬車の扉が開かれた。莉杏は驚きつつも、言われた通りに声も顔も出さないよう気をつける。

「おい！」

松明の灯りによって、馬車の中の様子がぼんやり浮かび上がっているだろう。

女性の長い髪の一部と覆いかぶさっている双秋の背中だけが、男たちに見えているはずだ。

「……取り込み中なので、お静かに」

双秋が軽く手を上げて払うような仕草をした。

街の男たちの中に冷静な者もいたのか、「かなりの金持ちだ」「これはまずいって」というような囁き声が聞こえてくる。きっと馬車の内装を見て、乱暴なことをしてもいい相手ではないと察したのだろう。

「失礼しました！」

慌てた声と共に馬車の扉が閉められる。それからすぐに車輪の音が遠ざかっていった。

「は〜……なんとかやり過ごせましたね」

双秋はひやひやしたと言いながら身体を起こす。そして人差し指をくちに当てた。

「今のは陛下に内緒ですよ」

「今の……？」

「お取り込み中ごっこです。お取り込み中は、ごっこ遊びでも絶対に駄目です。俺の倫理観と俺の将来がそう言っています」

双秋は「まだ死にたくない」と真面目な顔で呟いた。

莉杏は、先ほどの自分たちの姿と、それからお取り込み中という言葉を繋ぎ合わせていく。

「……！　わたくし、陛下とお取り込み中がしたいです！」

莉杏は大きな瞳をきらきらと輝かせた。

「機会があったらぜひ陛下と。そう、陛下とだけお願いします」

正体を明かせない主人公が、恋のお相手役になる予定の人と恋人同士のふりをして顔を隠すという流れは、恋物語の定番である。

暁月とやってみたい……とうっとりしている莉杏の横で、双秋は馬車から降り、馬車の下に声をかけた。

「おーい、叉羅国のお兄さん、平気か？」

双秋が手を伸ばせば、馬車の下から手が伸びてくる。双秋はその手を掴み、ぐっと力をこめて引きずり出してやった。

「多少はこっちの言葉を話せるんだよな？」

「ああ、助かった」

馬車の下から出てきたのは、街の人に押さえられていたあの叉羅国人の青年だ。

青年は、黒い髪と日に焼けた肌と高い身長という叉羅国人の特徴をもっている。年齢は二十歳を超えたぐらいだろうか。凛々しい顔立ちの中に、愛嬌も感じられた。

「意味はよくわからないが、危うく『いけにえ』になるところだった。礼を言うぞ」

そして青年は、『いけにえ』という単語を何気なくくちにし、莉杏をどきっとさせる。

「我が名はラーナシュ・ヴァルマ・アルディティナ・ノルカウス。馬車の中の方がそちらの主君か？」

「正確に言うなら主君の奥さまだ。とりあえず『奥さま』と呼んでくれ」

「わかった」

莉杏は叉羅国について学んでいる最中である。

学習内容は、叉羅国から偉い人を招いたときを想定したものが多い。

国王や王妃の名前、そして司祭や将軍の名前、国の位置や宗教や歴史を覚え、失礼のない会話ができるように準備しているのだ。

莉杏は『ラーナシュ』という名前に覚えがあった。

ヴァルマ家のラーナシュという名の青年といえば……。

「ヴァルマ家の、現当主……？」

少しだけ知っている名前の中に『ラーナシュ』がある。

莉杏がまさかと驚けば、ラーナシュは爽やかな笑顔を浮かべた。

「おお、奥さまはサーラ国に詳しいようだ」

ラーナシュは嬉しいなと言いながら莉杏の顔をじっと見つめる。

「『陛下』という単語はわかるぞ。『陛下』の『奥さま』は『皇后』だ」

双秋は莉杏を守るために立ち位置を変える。

莉杏もまた、ラーナシュは警戒しなければならない相手だと判断し、馬車の座席に座ったまま背筋を伸ばした。

「赤奏国の皇后殿、場所を変えよう。どうやら皇后殿たちは『ヴァルマ家の当主』ではなく『叉羅国人』である俺に用があるみたいだからな」

双秋はちらりと莉杏を見る。

莉杏は「そうしましょう」と頷いた。

（わたくしは、龍水河を鎮めるために生贄の儀式をするところがあるかもしれないと思い、視察をすることにした。……おそらく、その推測は正しかった）

叉羅国の青年が街の人に捕まっていて、生贄にされそうになっていた。

双秋のおかげで、無事に助け出すことができた。

視察の目的の一つは、ほぼ果たせたようなものだ。しかし――……。

（新しい問題ができてしまったわ。まさか、隣国のとても偉い人がこの国で生贄にされかけていたなんて……！）

莉杏は、この新しい問題に早速取り組まなくてはならない。

まずはこの青年が本当にヴァルマ家の当主なのかどうかを確かめるところからだ。

二問目

莉杏たちは、ラーナシュを連れて宿に戻る。

土で汚れてしまったラーナシュに着替えてもらったあと、莉杏は改めてラーナシュの自己紹介を聞いた。

「サーラ国の司祭であるラーナシュ・ヴァルマ・アルディティナ・ノルカウスだ。ヴァルマ家の当主をしている」

莉杏の部屋で茶の準備をしていた双秋が、莉杏より先にくちを開く。

「失礼ですが、身分を証明できるものはありますか？」

双秋は、ラーナシュの言うことをあまり信じていない。「実は俺、あの国の王子なんだ」と言い回る詐欺師はどこにでもいる。

「あるにはあるが、俺の荷物は従者にもたせてある」

ラーナシュは、捕まっているところを双秋に救出されたので、今はなにももっていないのだと主張した。

双秋は肩をすくめ、それでは信じられないと態度で示す。

しかし、このまま信じる信じないの話を続けても意味はない。莉杏は、ラーナシュが本当にヴァルマ家の当主かどうかを、自分なりに確かめることにした。

「幾つか質問させてくださいね。ヴァルマ家の当主になったのはいつですか？」

「半年前だ」

「前当主は貴方とどのような関係ですか？」

「前当主は俺の父だ」

「三年前に亡くなったご家族は、あなたにとって誰にあたりますか？」

「一番上の兄だな」

　ラーナシュは、莉杏の質問に迷わず答えていく。

「二番目のお兄さまが亡くなったのは一年と二月前ですよね？」

「それは違う。一年と三月前だ」

　全て正解だ。莉杏は「おお！」と声を上げそうになった。

（本当にヴァルマ家の当主みたい。でも、もう少し確かめておかないと）

　しかし、その『もう少し』をどうしたらいいのだろうか。莉杏は挨拶程度の叉羅語しか知らないので、難しいやりとりはできない……と考えたところで、はっとした。

　――それはこの方も同じはず！

　ヴァルマ家の当主が赤奏語を学んでいた。隣国だから、挨拶ぐらいはできるようにしておこうと考えたのだろう。そして、学ぶ内容は莉杏と同じ『外交のための挨拶と知識』のはずだ。

(『陛下』がわかるぐらいだもの……!)

詐欺師には必要なくても、ヴァルマ家の当主にとって必要な知識というものはある。

「赤奏国の六部の尚書の名称をすべて言えますか?」

「吏部尚書、礼部尚書……」

莉杏が叉羅国の司祭や将軍のことを知っているように、ヴァルマ家の当主なら異国の重要な役職を言えるはずだ。

ラーナシュは、指を折りながらすらすら答えていった。

けれども、これぐらいのことなら、赤奏国に一年ぐらい滞在していれば、誰でも答えられるようになるかもしれない。

「白楼国の皇帝陛下のお名前はご存じですか?」

「『珀陽』だ」

「シル・キタン国の将軍の中で最年長の方の名は?」

「最年長なら『ハドゥ・サーラル』だな」

「叉羅国とムラッカ国が最後に戦争をしたのは何年前ですか?」

「小競り合いを入れるのなら七年前だ。大きな戦なら九年前」

ラーナシュは叉羅国の戦争の話になると、指を折って年月を数えるようなことはしなかった。もしもただの詐欺師が「いつ戦争が起きたのか」を問われたら、戦争の前後に起きた『身の回りの出来事』を基準に、『あのことがあったから七年前だ』という考え方をするだろう。

「……どうやら詐欺師ではなさそうですね。でも今度は間諜かと疑いたくなります」

莉杏の質問の意図を読み取った双秋は、ラーナシュは詐欺師よりもやっかいな人物かもしれないと警戒を強めた。

「少し休憩しましょうか。双秋、お茶を」

莉杏に促され、双秋は茶を入れた飲杯をラーナシュの前に置く。

ラーナシュはありがたいと言いながら飲杯を手に取った。

「身分を証明するものがなくてすまないな」

莉杏はラーナシュの言葉にふふっと笑う。

「大丈夫です。世話をされ慣れている方だと、今のでわかりました」

何気ない動作に、生まれ育ちは出る。

莉杏は武官の孫娘という生まれのため、皇后になってから『高貴な身分の者』に必要な礼儀作法を習い始めた。

――飲杯を自分から受け取りにいってはいけません。飲杯の動きを眼で追うのもいけません。卓に置かれてから手を伸ばすようにしましょう。

今までしてきた当たり前の仕草をひとつひとつ直すのは大変だ。けれども、注意されるたびに、暁月(あかつき)に相応しい皇后へ近づけていることが実感できるので、とても楽しい。

「わたくしは、貴方がヴァルマ家の当主だと信じます」

莉杏の宣言に、ラーナシュは笑った。

「こちらもな、貴女(あなた)が皇后殿だと確信できたぞ。質問内容が明らかに『お勉強』だ」

ラーナシュにとっても、自分を助けてくれた人たちが皇后一行だったというのは驚くべき出来事だ。

莉杏は、ラーナシュから本物だろうかと疑われていたことを知り、たしかにと納得する。

「ええっと、ラーナシュさま。どうして赤奏国に？　従者はどこにいるんですか？」

莉杏とラーナシュは穏(おだ)やかに微笑(ほほえ)み合っているけれど、双秋はそうもいかない。

事前連絡もなしに赤奏国へ入ってきたヴァルマ家の当主に、武官として尋ねたいことはいくらでもあるのだ。

「俺は白楼国に向かって旅をしていた。けれども、どうやら従者たちが道に迷ってしまったようだ。一人で歩いていたら突然(とつぜん)捕まった」

「まぁ、大変でしたね」

莉杏は一人で心細かっただろうとラーナシュを労(いたわ)った。そのうしろで双秋は「迷ったのはラーナシュさまの方では？」と呟(つぶや)く。

「では、ラーナシュさまの従者捜しは明日、明るくなってからしましょうか。……それで、もう一つ尋ねたいことがあるんですが、ラーナシュさまは街の人に捕まる前、なにか誤解されるようなことをしませんでしたか？」

ラーナシュは生贄として都合がよかったために捕まったのは間違いないけれど、双秋は念のための確認をした。

「俺はただ歩いていただけだ。ああ、『ちょうどいい』と言われたな」

ラーナシュは双秋の質問に、予想通りの答えをくちにする。

「『殺される』と叫んだのはどうしてですか？」

「『あんたには悪いがいけにえになってもらう』と言われたからな。『いけにえ』の意味はわからなかったが、口調や前後の単語からなんとなく意味はわかる。俺に死んでほしいってことなんだろう？」

「おっしゃる通りです」

双秋は『生贄』の意味をごまかさなかった。ここまで赤奏語を話せるラーナシュなら、あとで意味を調べることなんて簡単にできる。

「あの街の男と女たちはどうして俺に死んでほしかったんだろうな。それだけ異国人が嫌いなのか？　まあ、赤奏国にもそういう街はあるだろう」

ラーナシュは疑問をもちつつも、既に納得していた。

『叉羅国人は異国人を嫌っている』という話は有名だ。莉杏も双秋もそのことを知っている。ラーナシュが街の人に襲われたことを『赤奏国人も異国人が嫌いだから』で納得できているのなら、詳しい話はあえて黙っておくことにした。

「俺の事情はわかってもらえたようだ。なら今度はこちらから質問しよう」

ラーナシュの瞳が莉杏をじっと見つめる。

「皇后殿はどうして俺を助けた？　赤奏国の民が、俺のことを犯罪者だと説明したはずだ。普通は異国人よりも自分の民を信じる。違うか？」

莉杏は穏やかに微笑み、ゆっくりと言葉を選ぶ。

「貴方の外套の模様を見て、ヴァルマ家の関係者かもしれないと思いました。その方が『助けてくれ、殺される』と叫んでいたので、とりあえず話を聞いてみたいと思ったのです。それで双秋に頼んで連れてきてもらいました」

大事なところを伏せた説明だけれど、ラーナシュは頷いてくれた。

莉杏のくちから、ラーナシュの名前や家の事情がするすると出てきたので、服の模様だけで動いたという理由を信じることができたのだ。

「お疲れでしょうから、話はこれぐらいにしておきましょう。今夜はこの宿で休んでください。双秋、ラーナシュ司祭をお部屋にご案内して」

莉杏が話を切り上げようとしたとき、ラーナシュがにっと笑う。

「俺は堅苦しい呼び方が苦手だ。ラーナシュでいいぞ」

本人が望むのなら、と莉杏は名前で呼ぶことにした。

「ではラーナシュ、おやすみなさい」

「ああ、明日もよろしく頼む」

双秋はラーナシュを連れて隣の部屋に行く。そして、すぐに戻ってきた。

「皇后陛下、明日の視察はどうしますか？」

「視察は中断します。ラーナシュの従者捜しを優先しましょう」

「……ですね。せめてそれぐらいしておかないと、あとで問題になりそうです」

ラーナシュは王に次ぐ地位をもつ人だ。本人の主張が間違っていないのなら、なにもしていないのに赤奏国の民に襲われてしまった気の毒すぎる人である。

「水門近くのあの街についてですが……、武官を派遣して調査することはできますか？」

「なにも出てこないと思いますけれど、一応やっておきましょう」

街の人たちみんなで生贄の儀式をなかったことにされてしまったら、武官の見回りぐらいでは真実を明らかにするのは難しい。

今回は本当に偶然が重なり、運よくラーナシュを救うことができたのだ。

「多少なら街の人を脅すこともできます。さほど効果はないと思いますけれどね」

「どんな風に脅すのですか？」

「最近、若い女性の水死体が河に浮いていた。事件性があるかもしれないから、巡回を増やすし、若い女性は特に注意しろと警告しておくんです。武官がすぐ傍で見ているぞと言うことで、街の人を怯ませるんですよ」

街の人は、河の氾濫を恐れ、生贄を用意した。

武官による警告と生命の危機への不安、この二つが戦うことになれば、勝つのは生命の危機への不安かもしれない。

「難しい問題です……」

莉杏の呟きに、双秋はそうですねと頷いた。

「人間の最後の敵は、不安ってやつなのかもしれません。見えない敵だから、武器をもって戦うというわけにもいかないので」

言葉、想い、武器……戦う方法は色々あるけれど、不安に対抗できるものはこの場で思いつかなかった。

翌日、莉杏たちはラーナシュの従者を捜し始めた。

莉杏の馬車にラーナシュを乗せて移動し、街道沿いの街で聞き込みをする。しかし、目撃証言はまったく得られなかった。

昼ごろ、大きな街で馬車を停め、武官たちはまたもや街の人に話を聞きにいった。けれども、ここでもラーナシュの従者らしき叉羅国人を見た人は現れない。

「本当にこの街道を通る予定だったんですか？」

異国人の集団が主人を捜しながら歩いていれば、それなりに目立つはずだ。

こんなことってあるのか？　と双秋は首を傾げる。

「なにかあったときは、首都で待ち合わせることになっているのですよね？」

莉杏がラーナシュに確認すると、ラーナシュはそうだと頷いた。

「従者たちは俺を捜そうとしてまた道に迷い、別の街道を使ったのかもしれん」

この様子だと、ラーナシュとその従者たちの念のための打ち合わせ結果である『首都で待ち合わせる』は、どうやら見事に役立ちそうだ。

「……迷ったのはやっぱりラーナシュさまの方かもしれませんねぇ」

一言どころか三言多いと言われる双秋は、やれやれと周囲を確認した。

「うん……？」

双秋はどこかを見たあと、他の武官を呼んでこそこそと話し始める。

莉杏は双秋と同じ方向に視線を移してみたけれど、おかしいところはなにもない。

「なにかあったのですか？」

「じろじろ見られていたので、確認してもらうことにしました。ちょっと不思議な集団ですから、気になるのは当然でしょうけれどね」

明らかに高貴な身分だとわかる幼い少女と、叉羅国の青年と、武官らしき人々。

あれはどこの誰なのかという視線を向けられるのは当然だ。

「さぁさぁ、奥さまとラーナシュさまは馬車に乗ってください。そろそろ首都に向かわないと、夜までに着きませんからね」

馬車の中には、莉杏とラーナシュと……そして双秋も乗っている。

双秋は、「ラーナシュさまの身元がはっきりするまで、皇后陛下と二人きりにできません」と主張し、常にラーナシュの言動を見張っていた。

「茘枝城を見るのは初めてだ！　楽しみだな！」

ラーナシュは、好奇心に満ちた瞳を窓の外に向けている。その言葉が社交辞令ではないとわかるぐらい、声が弾んでいた。

「俺は旅が好きだ。あちこちの国に行った。しかしな、赤奏国は隣の国だから、行こうと思えばいつでも行けてしまう。それでついつい後回しになってしまった」

莉杏は、ラーナシュが先代当主の三男だったことを知っている。三年前にラーナシュの長兄が殺されてから、次兄も先代当主も次々に殺されてしまい、半年前にラーナシュがヴァルマ家の新しい当主になったのだ。

おそらく、ラーナシュにはヴァルマ家を継ぐという予定がなかった。だから世界中を旅していたのだろう。

（冒険物語の主人公だったのね……！）

どんなところを旅していたのだろうか。折角だから聞かせてほしいとねだってみるのもいいかもしれない。

「なぁ、首都に着くまで、この国の皇帝殿の話をしてくれないか？」

しかし、莉杏がくちを開こうとしたとき、ラーナシュの方から話を聞かせてほしいとねだられる。

「陛下のお話ですか？」

「そうだ。新しい皇帝殿だからな。とても興味がある」

ラーナシュの好奇心に満ちた瞳が、今度は暁月に向けられた。

莉杏は、ラーナシュの期待に応えようとして張り切る。

「陛下はとても立派で、格好よくて、素敵で、優しい方です！」

眼を輝かせながら暁月を褒め称えた。けれども、すぐにただの事実だけでは暁月の魅力が伝わらないことに気づく。

（ええっと、もっと具体的な話を……）

なにがいいだろうかと考え、やはり出逢いからだという結論になった。

「わたくしと陛下が出逢ったのは……」

「恋逢瀬橋です！　ええ、そっちの方でお願いします！」

双秋が莉杏の話にくちをはさんでくる。

まさかの邪魔が入り、莉杏は瞬きを二度した。

「……そちらの方を話すのですか？」

「これは外交です。見栄を張ることも大事ですから」

莉杏と双秋は、小さな声で打ち合わせをする。

莉杏と暁月は、暁月が即位する直前の謁見の間で出逢った。そして、ちょうどいいからと暁月に言われ、そのまま結婚してしまった。

後日、皇帝夫妻の恋物語をつくろうとなったとき、民が喜ぶような出逢いに変更することになった。それで『茘枝城内にある恋逢瀬橋の上ですれ違っていた』という話をつけ足すことにしたのだ。

「実は小さいころに、わたくしと陛下は茘枝城の恋逢瀬橋ですれ違っていたのです！」

「ほうほう」

「そのときから既に陛下はとても素敵でした！　わたくし、運命を感じたのです！」

ラーナシュは興味深そうに莉杏の話を聞いてくれる。

そのラーナシュと向かい合っている双秋は、心の中で「素敵どころか実はとんでもない悪ガキだったらしいですよ！」とラーナシュに叫んでいた。

「陛下と出会えて、わたくしはとても幸せです」

「そうか。幸せであることはいいことだ！」

「陛下のご寵愛を頂けるように、わたくしはたくさんの努力をして、もっと幸せになるつもりです！」

「いいぞ！　俺は司祭で、民を幸せにすることが仕事だ。幸せな人がもっと幸せになることはいいことだ！　皇后殿は既に神の教えを実践している。俺が教誨すべきことはなにもない！」

ラーナシュは拳を握り、情熱的に莉杏の夢を応援する。

「あ～、この二人、似たもの同士ですねぇ……」

一緒にしては駄目なやつだ、と双秋はぼそりと呟いた。

「俺はこれから白楼国に行くつもりなんだが、皇后殿は白楼国の皇帝殿に会ったことはあるか？」

「はい、あります。とても優しい方でした」

「白楼国の皇帝殿に、好きなものや苦手なものはあるか？」

「う～ん、好きなものはきっとあります。……あっ、でも、これは内緒の話でした！　ごめんなさい、ラーナシュに教えることはできません」

莉杏は、白楼国の皇帝『珀陽（はくよう）』の想い人を知っている。身分差の恋だけれど、自分だけは二人の恋の味方になることを決めていた。

「ラーナシュはどうして白楼国に行くのですか？　観光ですか？　それともお仕事？」

「白楼国の皇帝殿に会って……ここからは内緒だ！」

ラーナシュは莉杏の真似（まね）をし、にこにこと笑う。

双秋はわざとらしくため息をつき、わざとらしい笑顔をつくった。

「ここからは俺がラーナシュさまの暇つぶしをしましょう。余計なことをべらべら喋（しゃべ）るのは得意ですからね。ではまず、俺が三歳のときの話から。実は将来を左右する運命の人が現れまして……」

「お、もしかしてそれは皇帝殿か？」

「残念ながら出てくるのは隣の家の女の子で、俺の初恋の人です。まあ、今は人妻なんですけれどね。勿論（もちろん）、夫は俺ではありませんが！」

双秋のお喋りは、その後も止まる気配を見せない。

莉杏とラーナシュは、双秋の近所に住む友達の名前からその家の犬の名前まで、生きていく上で絶対に必要のない知識をどんどんつけていってしまった。

莉杏たちは街道を順調に進むことができたので、途中で休憩をとる。

視察予定だった運河の水門がちょうど近くにあったので、ついでに寄っていくことにした。

「……皇后陛下。ラーナシュさまですけれど、あの人はとても怪しいですよ」

莉杏が運河を眺めていると、双秋がそっと話しかけてくる。

「ヴァルマ家の当主なのは間違いないと思います。陛下と一緒で、世話をされ慣れている動きをするんですよね。でも、事前連絡なしに赤奏国を訪れ、一人でふらふらしていて、おまけに陛下の話を聞きたがり、白楼国の皇帝にも興味を示す……いくらなんでも裏がありますって」

双秋は、ラーナシュに赤奏国の情報を渡すのは危険だと判断し、ずっと自分の話をし続けた。暁月なら「鬱陶しい」と言って双秋を馬車から叩き出すだろうけれど、ラーナシュはずっと楽しそうにその話を聞いていた。それが逆に不気味だ。

「でも、外交とはそういうものではありませんか？」

莉杏は荷物を運ぶ船を見送りながら、穏やかに語りかける。

「……そういうもの、ですか？」

「ただ仲よくするために異国へ行くことはありません。茉莉花だってそうでした」

赤奏国が大変だったときに、白楼国から皓茉莉花という名の女性文官がやってきて、色々なことを手伝ってくれた。彼女はとても優しく、莉杏をいつだって気にかけてくれ、たくさんのことを教えてくれた。

けれども、そんな茉莉花だって、赤奏国にきた目的は莉杏と仲よくすることではない。

『自分の国の皇帝陛下に命じられたから』という理由できたのだ。

「なにかお願いがあって行く。もしくはお願いを叶えてもらったお礼を言いに行く。異国に行くのなら、仲よくする以外の目的が必ずあります。わたくしもそうでしたから」

莉杏は、水門を近くで見ようとして身を乗り出しているラーナシュに視線を向ける。

「ラーナシュは、この国か、もしくは白楼国でしたいことがあるのでしょう」

彼の外套には、ヴァルマ家の模様がある。ならば、ヴァルマ家を背負う者としての大事な目的があるのだ。

「どんな目的なのかは、わかるかもしれませんし、わからないかもしれません。わたくしたちは、失礼のないようにしっかりおもてなしをするだけです。そして、仲よくなれたら仲よくして、いざというときに備えるのです」

「いざというとき？　戦争とか取引のときですか？」

双秋のからかいの響きが混じる声に、莉杏はその通りだと大きく頷いた。

「仲よくなれば、手心を加えてもらえるかもしれないのです！　お祖母さまは、後宮のお妃さまとはできるだけ仲よくしなさい、といつも言っていました！」

「後宮のお妃さまの手心ってどんな……いや、考えたくないです。命だけでも助けてもらえると、やっぱり嬉しいですよね！」

物騒な想像をしかけた双秋は、慌てて首を振る。

そのとき、ラーナシュがぱっとこちらを振り返った。

「皇后殿！」

ラーナシュは興奮した様子で近寄ってくる。

「面白い水門だな！　いいものを見たぞ！」

視察につき合わせるような形になってしまったのだけれど、ラーナシュは楽しんでくれたらしい。莉杏はよかったと微笑(ほほえ)んだ。

「皇后殿たちの仕事を邪魔してしまって悪かったな。河川や運河の視察をしていたのだろう？」

ラーナシュの言葉に、莉杏は眼を円(まる)くする。

「あら？　わたくし、ラーナシュにそんなお話をしたでしょうか」

「出会ったのが龍水河(りゅうすいが)の近くだったし、皆が河と雨をずっと気にしていた。だからなんとなくだ」

莉杏たちがラーナシュを観察していたように、ラーナシュも莉杏たちをよく見ているのだろう。きっと、武官たちの会話にも耳を澄(す)ませていたのだ。

（すごいわ。わたくしなら、はぐれた従者のことばかりを考えてしまう）

――今どこにいるのかな。無事なのかな。

ずっとそわそわして、皇后らしくないと叱られるような態度を見せてしまうだろう。

（ラーナシュはとてもしっかりしている。……しっかり、でいいのよね？）

記憶を探ってみると、ラーナシュから従者のことを心配する言葉が一度も出ていない。

従者を信頼しているのか、それとも従者のことを心配する人ではないのか、どちらなのだろうか。

（でも、とても優しい方だわ）

叉羅国人は異国人を好まない。しかし、ラーナシュは馬車の乗り降りのときに莉杏へ手を差し出してくれたし、大きく揺れたときは身体を支えてくれた。大丈夫か？　と声もかけてくれた。

（従者とはぐれて、突然襲われて、わたくしに出会って助けられ、従者とまだ合流できなくて……、なのにラーナシュからは不安を感じない）

どこからが偶然だったのだろうかと、ふとそんなことを思ってしまった。

「難しい話をしていたのか？」

莉杏がラーナシュについて考えていると、ラーナシュがいつの間にか莉杏の顔を覗きこんでいる。

「え……？」

「さっき、ソウシュウが真面目な顔をしていたぞ」

その双秋は、少し離れたところで他の武官と話をしている。ときどき、ちらちらとこちらを見ていた。

莉杏はラーナシュへ「双秋と貴方の話をしていました」と正直に言うわけにはいかない。別の難しい話を少しだけ喋ることにする。

「……難しい問題があったのです。それはきちんと解けたのですけれど、すぐに別の新しい問題ができてしまいました」

龍水河の近くに住む人々が、生贄の儀式を行っているかもしれない。

──『おそらく行っている』という答えが出た。

ヴァルマ家の当主を名乗る青年がいるけれど、本人なのだろうか。

──『おそらく本人だ』という答えが出た。

そして、また別の問題が生まれた。

（生贄の儀式は実際に行われている。……わたくしはどうしたらいいの？）

住民たちが「そんなことはしていない」と言えば、それが真実だ。真実をどう覆せばいいのだろうか。

「皇后殿はとてもお若いからな。『答え』はよりよいものだと思っているかもしれん」

ラーナシュは、好奇心旺盛な青年という顔から、民を導く司祭という顔になった。彼は叉羅国のある方角を指さす。

「サーラ国の民は異国人を好まない。俺はこのままではいけないと思っているが、皆の好き嫌いを変えようとすると、金も時間もかかってしまう。そこまでして解決すべき問題かと問われたら、答えに困る」

莉杏よりも先に人の上に立たなければならなかったラーナシュは、既に大きな問題を抱えていた。その瞳は、様々なものを映している。

「『今まで通り』が答えになるときもあるぞ」

――生贄の儀式を行なっている集落があるかもしれません。どこで行われているのかを突き止め、してはならないと説得しましょう。

莉杏が『答え』をくちにするのは簡単だ。しかし、そうしたら多くの武官を動員することになり、そして時間をとてもかける調査になる。おまけに、住民たちが莉杏の説得によって考えを変えてくれると決まっているわけでもない。

(そこまでして解決すべき問題なのかどうか……)

赤奏国は、古くなった水門をすぐに交換できないほど、たくさんの問題を抱えている。

今はまだ他にやるべきことがあるかもしれない。

「皇后陛下！　ラーナシュさま！　そろそろ出発です！」

双秋の叫び声が聞こえ、莉杏は慌てる。

「はい、わかりました！」

返事をしてから視線をラーナシュに戻すと、ラーナシュはもう好奇心旺盛な青年に戻っていた。

不思議な人だな、と思ってしまう。

「ラーナシュさまはこちらへどうぞ。それでは、話の続きをしましょうか。八歳のときに新しい家庭教師がやってきたところからです」

「俺は赤奏国にきてから、ソウシュウに一番詳しくなっている気がするな……」

莉杏は、馬車の中で新しい問題について改めて考える。

自分の国のことも、外交も、とても難しい問題ばかりだった。


莉杏たちは、ラーナシュの『なにかあったときは首都で待ち合わせることになっている』という言葉を信じ、ラーナシュを連れて茘枝城に入る。

「おお！　これが茘枝城か！」

ラーナシュは、茘枝の実の色に似た赤茶色の城に喜んだ。

迎えの官吏たちは、ラーナシュを見て不思議そうにしている。異国人の訪問の予定はなかったので、戸惑っているらしい。

「双秋、お客さまを部屋にご案内して。わたくしは陛下に報告をしてきます」

莉杏は、ラーナシュの世話を武官の双秋にわざわざ頼む。

ラーナシュはヴァルマ家の当主で確定だろうけれど、身元をはっきりさせるものはもっていないので、一応警戒しておかなければならない。

莉杏はラーナシュに少し席を外すと言ったあと、急いで暁月のところへ向かった。

「陛下にお話があると伝えて」

よほどのことがなければ、莉杏は仕事をしている暁月へ会いに行くことはない。莉杏が暁月に会いにきたということは、緊急の用事があると伝えるようなものだ。

莉杏の期待通り、暁月はすぐに莉杏を皇帝の執務室に入れてくれた。

「陛下、ただいま視察から戻りました。視察先でのことですが……」

莉杏がラーナシュと生贄の街の話をすると、暁月の顔が段々険しくなる。

「ヴァルマ家の当主かもしれない……か。そこまで確かめたのなら、おれでも信じるだろうな。念のために叉羅国へ問い合わせはしておくか」

暁月は椅子から立ち上がり、ラーナシュのところへ行くと言った。

「そのラーナシュとやらが、豪遊することを目的とした詐欺師なら大した害はない。護衛という名の見張りをつけておいて、叉羅国に問い合わせて確かめるだけだからな。問題は本物のヴァルマ家当主だったときだ。ヴァルマ家の当主なのにそれを信じなかったと恨まれることに比べたら、詐欺師に騙される方がいい」

ラーナシュが歩いているだけで襲われて殺されそうになったのなら、完全に外交問題だ。どうにかしてラーナシュの機嫌をとっておかなければならないと、暁月も莉杏と同じ結論を出した。

「生贄の話といい、やっかいな叉羅国人といい、長雨といい、面倒ごとだらけだな」

暁月は歩きながら、朱雀神獣に文句を言う。

莉杏はまあまあと暁月をなだめつつ、ラーナシュの部屋に入った。

「赤奏国の皇帝『暁月』だ。皇后から話は聞いている。従者との合流はできそうか？」

部屋に入った暁月は、叉羅国人だとすぐにわかるラーナシュへ視線を合わせ、先にくちを開く。余計なことを言うと、謝罪するしないの話になるので、それを避けたかったのだ。

ラーナシュはというと、まずは丁寧に名乗った。

「赤奏国の皇帝殿、初めてお会いする。俺はヴァルマ家の当主、ラーナシュ・ヴァルマ・アルディティナ・ノルカウスだ。よろしく頼む」

元々招待されていましたという顔で、ラーナシュは堂々と、そしてとても自然に話し始めた。

「従者とは『もしものときは首都で待ち合わせる』と決めていた。合流できるまで世話を頼んでもいいだろうか」

「好きなだけゆっくりしていけ。……双秋、あとは頼んだ」

暁月からも「見張れ」と命じられた双秋は、「御意（ぎょい）」とだけ答え、部屋から出ていく暁月を見送る。それからくるりと振り返り、いつも通りの明るい口調でラーナシュに話しかけた。

「ラーナシュさま、首都にいる叉羅国人へ声をかけるよう皆に言っておきます。もう一度確認しますが、従者の名前は『マレム』と『ヤビドラ』でいいんですよね？」

「ああ。何人かいるが、赤奏語を話せるのはマレムとヤビドラだけだ。……そうだ、思い出したぞ！　こういうときに備えて合言葉も決めていた！　『柘榴（ざくろ）は熟した』と言えば、俺に頼まれて捜しにきたということが伝わるだろう」

「それ、もっと早くに言ってくれませんかねぇ。……はいはい、わかりました」

双秋が頭を下げる横で、莉杏はラーナシュの『合言葉』に感心した。

次、視察に行くことがあれば、武官たちと合言葉を決めておいてもいいかもしれない。どこかで事件に巻きこまれて皆とはぐれたときに、きっと役立つだろう。

夜、莉杏は暁月の帰りを寝台の中で待つ。

寝台はもう温かくなっていたけれど、暁月はなかなか戻ってこなかった。

（今夜は遅いのかな）

諦めて寝てしまおうかと考えているうちに、うとうととしていたらしい。

扉がきしむ音ではっと眼を覚ますと、暁月が寝室に入ってきていた。

「陛下！　お帰りなさいませ！」

「はいはい、ただいま」

莉杏が両手を伸ばせば、暁月が抱きしめてくれる。暁月の身体がひんやりとしていたので、莉杏は自分のぬくもりを分けるためにぎゅっと抱きしめ返した。

「あれからラーナシュはどうしてる？」

「双秋が茘枝城を案内しながら、ずっと自分の話をしていました」

「余計なことをべらべら喋る双秋の癖が、ここで役立つとはねぇ」

ラーナシュは赤奏語をある程度なら話せるけれど、ある程度だ。ラーナシュは双秋との会話で理解できない単語が出てくるたびに、双秋とああでもないこうでもないと話し合っていた。

「生贄疑惑の街はどうしたんだ？」

「現段階では『疑いがある』なので、これから調査をしてもらいます」

「……まぁ、調査をしてもすぐには出てこないか。よそ者にべらべらと内情を喋るやつなんて双秋ぐらいだ」

暁月は寝台に入り、横になって天井を見上げる。

「疑惑から確信に変わったところで、なにも解決しないしな。解決策は長雨を降らせないことだが、それをおれたちが意図的にやってやるのは不可能だ」

長雨や増水への『不安』があふれたとき、生贄の儀式は行われる。

眼に見えない不安の形や量は、本人たちでも把握できていない。よそ者の莉杏たちにわかるわけがないのだ。

「不安があるときは、既に決まっている安心を得るための方法を、なにも考えずにやる方が楽だ。こういう楽は悪いことじゃない。生きていくためには楽をした方がいい。その『決まっている』を直すのは大変なことだし、強要するのは難しいな」

莉杏は、安心を得るための方法を改めて考えてみる。

丈夫な堤防、新しい水門、いざというときの備えや避難場所。

眼に見える安心の他に、生贄という犠牲を払ったから救われるはずだという気持ちの安心もあった。

「……『今まで通り』の方がいいのでしょうか」

莉杏の呟きに、暁月は淡々と答える。

「それも一つの答えだろう」

でも、と暁月の声が低くなった。

「今まで通りが許されるのは民だけだ。変えたくても変える余裕なんてないからな。おれたちは、生きていくことで精いっぱいのやつらのために、今までと違うこともしなければならない。おれたちに金も権力もあるのは、それを使えってことなのさ」

莉杏は眼を見開く。暁月の言葉を聞いて、とても大事なことに気づいたのだ。

（——生贄の儀式をしたい人なんて、どこにもいない）

しかし、その儀式をしないと洪水でみんなが死んでしまうかもと不安になって、それで『今まで通り』しているだけだ。

みんながこの状況を変えたいと思っている。けれども、その力がない。

（だからあの手紙がわたくしのところに届いた……！）

皇后なら今まで通りを変えられるかもしれない。そう思った女官が、最後の希望を莉杏に託したのだ。

（わたくしは皇后だから、皇后としての判断をしなければならないわ）

誰かがやってくれると信じていられる時期はもう終わった。

自分で考えて自分で動かなければ、なにも変わらない。

「わたくしは、安心を得られる別の方法を考えます！」

莉杏は明日、後宮に顔を出し、女官たちに視察の結果を伝えるつもりだった。しかし、今はまだ「水門と堤防は大丈夫そう」と言うことしかできない。

手紙の差出人は、河の話を聞きたいのではない。妹が生贄にされていないかどうかを知りたくて、そして生贄になっていたら助けてほしかったのだ。

（わたくしは胸を張って「貴女の妹は無事です」と言える皇后になりたい）

最後の希望にすがった女官の想いに、今まで通りを変えたい人たちの嘆き（なげ）に、どうしても応えたかった。

「やりたかったらやれよ」

暁月は、馬鹿馬鹿しいだとか、無理だとか、そんな言葉をくちにしなかった。

莉杏の決意をただ認めるだけの言葉に、「がんばれ」という励（はげ）ましがこめられていることを、莉杏はきちんと理解しているし、しっかり受け止めていた。

ラーナシュは部屋の窓を開けた。途端、湿った空気が肌にまとわりついてくる。こればかりは慣れないなとため息をついた。

しかし、身体はうんざりしていても、気分はとてもいい。

「皇帝殿の近くに行きたいから、『柘榴は熟した』の合言葉が出てくるまで、どこかで身を隠しておけとマレムたちに言っておいたが、こうも上手くいくとはな。身体を張っただけのことはあった」

赤奏国と叉羅国は隣国という関係なので、赤奏国の軍人の多くは叉羅語で挨拶をすることぐらいならできる。

——だからわざと『被害者』になった。

ものを盗んだと誤解されるようなことをして捕まったあと、赤奏国の軍人に引き渡されたら、言葉が通じないから誤解されたのだと主張できる。取り返しがつかない状態にしてから、一方的な被害者になったと、もっと上の人間に訴える。

こちらは叉羅国の王に次ぐ地位をもつ『ヴァルマ家の司祭』だ。そんなことになれば間違いなく赤奏国の皇帝が出てくるだろう。

「異国人は誤解されやすい。マレムたちと別行動してわざと捕まるだけの予定だったが、まさか生贄にされそうになるとはな」

叉羅国には人を生贄にする宗教がある。一応、国は人の生贄を禁止しているので、どこの一族も表向きは死んだ動物を代用していることになっているはずだ。実際は……と皆が思っているだろうけれど、叉羅国の民は他の一族や宗教に興味がない。わざわざ非難するのは物好きのやることだ。

「ははは、どこの国も似たようなものだ」

赤奏国の民は『悪いことをしている』という自覚がある分だけ立派かもしれないと、ラーナシュはどこかに苦さを感じた。

「さて、赤奏国の皇帝殿はどう動くかな」

長雨が続いた。龍水河の水位が上がっている。洪水の危険を感じた民は、人の命を使って安心を得ようとしている——……。

「赤奏国の名君の采配、すぐ傍で見せてもらうぞ」

窓から夜空を眺めれば、雲の切れ目に星が見えた。

七つの星を探し、故郷の歌をうたう。

「夜空よ　マリーチ　バシシュタ　アンギラス

旅人よ　アトリ　バラスシヤ　パラアッハ
目指せ　クラッツ」

眠(ねむ)っていたはずの莉杏(りあん)は、温かい寝台の中でぼんやりと意識を浮上(ふじょう)させた。

――歌が聞こえる。

とても優しい声だ。知らないのに知っている気がしてくる。

かすかに聞こえる誰かの歌声に、耳を澄ませた。

洪水への不安があふれそうになったとき、なにがあれば安心を得られるのだろうか。

すぐに思いつける丈夫な堤防や水門以外にも、きっとあるはずだ。

莉杏は、新しい問題に早速とりかかった。

「まずは龍水河をもう一度勉強しましょう！」

赤奏国の歴史書をめくりつつ、河に関するところを読んでみる。

最初に出てきたのは、天庚国の皇帝が運河をつくった話だ。この頃、龍水河がよく暴れていたという記述もあった。

「う〜ん……」

一番古いところから確認したいので、莉杏は詳しそうな人に尋ねてみた。

「天庚国ができるよりも前の時代の龍水河の資料ですか？　どこかにあるかもしれませんが、龍水河が暴れていた以外の記述はほとんどないと思います。あっても作り話でしょう」

いずれは宰相と言われている有能な若手文官の舒海成は、莉杏の疑問にすぐ答えてくれた。海成は、莉杏に政や歴史、経済の仕組みといったものを教えてくれている先生だ。

「龍水河から水を引いている運河の建造は、とても大きな利水工事でしたので、あれだけは例外です。古い時代なのに、かなり正確な史料が残っていますよ」

大陸の東側は、かつては街道の整備よりも運河の整備に力を入れていた。

この国の歴史を語るときには、運河を使った物資の輸送というものがとても大事になってくる。

「運河は二月ほどでつくったと言われていますが、完全に工事が終了したのは二年後みたいです。それでも充分早いですけれど」

「二年……」

赤奏国から白楼国へ、白楼国から采青国へ、つくられた大運河は国をまたいでいる。

どんな工事をしたら二年で終わるのだろうか。

「この運河は今も赤奏国を支えてくれています。ですが、二年で工事を終わらせるという無茶をしたせいで、多くの民が苦しめられました。『黄色い旗だ、おうちへおかえり』という歌が残っていますけれど、あれは天庚国の軍人が運河の建造のために人を攫うから隠れろという意味なんです。大人も子どもも、たくさんの人たちが奴隷のように働かされました」

運河をつくった皇帝は、晩年になると反乱を抑えきれず、臣下に殺された。

民を苦しめたことは殺される直接的な原因ではなかったかもしれないけれど、殺されるきっかけの一つぐらいにはなっていただろう。

「運河はたしかに便利なものですが、どうしてこんなに急いでつくらせたのでしょうか」

すべてを一気につくるのではなく、少しずつ負担をかけないようにつくればいいのではないか。莉杏が首をかしげると、海成がその疑問に答えてくれた。

「それだけ便利だからです。龍水河には滝や岩ばかりのところもあって、そこは船で通れません。途中で何度も荷物を積み替えて馬車を使って……なんてことをやっていたら不便ですから」

「あっ……！」

龍水河には滝の名所がある。莉杏はそのことをは知っていたのに、船は滝を通れないという当たり前のことがきちんと理解できていなかった。

（理解するためには、知るだけではなく見ることも必要なのね）

莉杏は、物語の中に出てくる河と、首都近くを流れる運河と、旅をしたときに見かけた河川のことしか頭になかった。

視察の続きをするときは、河川の様子をもっとしっかり観察しておこう。

「書物ではわからないこともたくさんあるのですね……」

難しいなと莉杏が呟く（つぶや）と、海成は笑う。

「逆に書物を読んでいないとわからないこともありますよ」

海成の手が卓上にある書物を広げていく。これとこれ、と他の書物も手に取っていった。

「『龍の伝承』がこの国のあちこちにあるんです。おまけにどれも同じような話です。どうしてだかわかりますか？」

莉杏は慌てて複数の書物の記述を見比べてみる。

どれも違う地域だけれど、たしかに話が似ていた。

「龍水河は、氾濫するたびに形を変えるんです。下流に行けば行くほど、龍水河が近くにあったという場所はとても多くなるんですよ。そして、氾濫を経験した場所には、水は恐ろしいという言い伝えができます」

似たような経験によって、似たような言い伝えができる。

莉杏は海成の話を聞いて、「なるほど！」と感心した。

「龍水河が現在の形になったのは百年前ですね。支流の流れならこの百年でも変わっています」

海成が地図を見ながら、かつての河の流れを指で示してくれる。

「天庚国だったときにつくられた水門は、大きな七つのものだけそのまま残りました。名前を言えますか？」

「……ええっと、七つの水門には柄杓星の名前をつけてあって、天枢、天璇、天璣、天権、玉衡、開陽、揺光……」

莉杏は指を折って水門の名称をすべてくちに出していく。

「もしかして、『柄杓星』だから水門の名前に使ったのですか？」

「それはありそうですね。あふれる水を柄杓ですくって海に捨ててほしい……という意味がこめられていたのかもしれません」

海成は地図を広げ、硝子玉(ガラスだま)を載せていく。

「ここが天枢(てんすう)、こっちが天璇(てんせん)……」

硝子玉はまず首都近くに置かれた。それから上流のところに置かれたあと、下流に置かれたり、中流に置かれたりする。

「水門は上流から順番に名付けられたのではないのですか？」

莉杏が驚けば、海成が「そうなんですよね」と首をひねった。

「この七つの水門は、最初は上流から順番に番号がつけられていました。柄杓星の名前が出てくるのはしばらく経ってからで、そしてなぜか星の名前を順番通りつけなかったんです」

ばらばらに名づけられたことに、なにか意味があったのかもしれない。しかし、それは後世に残らなかった。

「水の深さ順とか、水門の大きさ順とか……」

莉杏が考えたことをくちにすると、海成が頷いた。

「水門の大きさ順は違いますが、水の深さとか水量はありそうですね。当時と事情が変わっているでしょうから、真実はもうわかりませんけれど」

海成は地図上にある湖を指差す。

「この湖には土砂が流れこんでいて、段々小さくなっているんです。いつかはここの水門の意味が変わるでしょう。他のところも、流れる水の量を調節したり、逆流を防いだり、水を分配したり、水位を一定にして船が上流へ行けるようにするための水門なのですが……元々の意味から変わっていたり、意味がなくなったりするものもいずれ出てくるはずです」

海成の説明はとてもわかりやすく、とても詳しかった。

「それでも、今はまだ嵐の日に河の様子を見にいって、ときには水門を動かさなければなりません。増水した河に近づくのはとても危険です。毎年、それで死ぬ人がいます」

人を守るための水門は、勝手に動いて人を守ってくれるわけではない。

「最後の最後には、皆を守るために危険なことをしなければならない人がいるのですね」

危ないことはしないでほしい、と言うだけならとても簡単である。

民を守るということは本当に大変なのだと、莉杏は改めて思い知らされた。

「ありがとう、海成。また色々教えてください」

丁寧に教えてくれた海成に礼を言い、次は後宮に向かう。

「龍水河の視察を陛下に任されたので、河について学んでいるのですけれど、河の近くに住んでいた女官の話を聞いてみたいです！」

後宮のどこかに、妹を助けてほしいという手紙を書いた女官がいる。

皇后が龍水河に興味を示して動いていることがその女官に伝われば、少しだけほっとしてくれるかもしれない。

莉杏がそんな思いをこめた勉強会をしたいと言い出せば、女官長も女官たちも快く協力してくれた。

「雨が降った次の日は、どんなに晴れていても河へ行ってはいけないと両親に言われました」

女官の一人が、懐かしいという顔をしながら河の思い出話をしてくれる。

「どうして晴れていても駄目なのですか？」

「上流で降った雨は少し遅れて流れてくるんです。雨が降った翌日の河の水は、濁っていて勢いもあるので、子どもでも危ないことがわかりました。穏やかなときの水の色とは本当にまったく違うんです」

この間の視察のときの龍水河は、いつもの龍水河なのか、危ないときの龍水河なのかを、莉杏は意識しないまま眺めていた。次の視察のときは、どちらなのかを皆に聞いてみよう。

「私は一人で河遊びをしてはいけないと教えられました。一人だと流されたということすら皆にわかってもらえないので、見つかるときにはもう手遅れなんだそうです」

そもそも莉杏は河遊びというものをしたことがない。水の深いところは危ないだろうと思ってはいたけれど、きっともっと危ないのだろう。

「河には入っていい場所といけない場所がありました。入っていけない場所の先には龍神さまがいらっしゃるからと言われていたのですが、今思えば子どもが入ると危ないからという理由だったのかもしれません」

河の傍で育った女官たちは、河が危ないものだということを子どものときから教えられている。そして大人になったら今度は自分の子どもに教えるのだ。

(伝えていくということは、とても大事なのね)

大事な話が途切れないような工夫も、きっとどこかにあるはずだ。

「私のところには、『とんとんとん、やねのおと、かーわがないた、いーなくなった……』という歌がありました。小さいころはなにも思わなかったのですが、雨が屋根に落ちたときの音や、洪水で人が亡くなったことを歌っていたみたいです」

そうか、と莉杏は大きな瞳をさらに大きくした。

(『危ないから駄目ですよ』だけだと、子どもは勝手に大丈夫だと思って忘れてしまう。でも歌ならなかなか忘れない……！)

龍神さまがいるから駄目だという言い方や、昔あった悲劇を歌にするとか、子どもを守るための様々な工夫を皆がしているのだ。

「他にも河について歌ったものはありますか？」

莉杏が女官たちに尋ねると、一人が「あります」と言う。

「橋が落ちた、という歌がありました。私が生まれる前に近くにある大きな橋が落ちたという話を聞いたことがあるので、そのときのことを歌ったものかもしれません」

「橋が落ちる……」

そんなことがあるのかと莉杏は恐ろしくなってしまう。

「十年に一度、葛でつくった橋をかけかえている村がありますよ。山の中であまり使われない橋なら、地元の人たちだけでつくれる橋の方が便利なのかもしれないですね」

女官たちの話のおかげで、莉杏の頭の中にある河や橋が具体的な形になっていく。

（河も運河も橋も便利だけれど、その分だけ危険もあって、安全に利用することはとても大変なのね）

皇后である莉杏にしかできないことは、皆を安心させること以外にもどうやらありそうだ。次はいよいよ視察の続きだと、莉杏は心の中で気合を入れた。

莉杏は前回の龍水河の視察のときに、ラーナシュと出会った。

ラーナシュの従者捜しを優先するために視察を中止したので、残りの視察を改めて……と準備をしていたところに、ラーナシュがひょいと顔を出す。

「また視察に行くのか？」

「はい。途中で叉羅国の方を見かけたら声をかけておきますね」

「助かる。……いや、俺もついて行こう！　うん、それがいい！」

名案だ！　とラーナシュは笑顔になる。

「ラーナシュさまにとってはとてもつまらない視察だと思いますけれどね」

ラーナシュの見張りと護衛をしている双秋は「どうしますか？」という視線を莉杏に向けてきた。

莉杏は少し考え、ラーナシュの提案を受け入れる。

「見るだけなので退屈してしまうかもしれませんが、それでもよければ一緒に行きましょう」

「異国の景色は見るだけでも楽しいぞ。さぁ、行こう！」

ラーナシュと従者がはぐれてしまったことは、莉杏たちには関係ない。しかし、なかなか合流できないのは、赤奏国の民がラーナシュを生贄にしようとしたせいもあるだろう。

被害者であるラーナシュの希望をできるだけ叶えることも外交のうちだ。

(ラーナシュが赤奏語を話せる人でよかった)

明るく前向きなラーナシュは、ただ馬車に乗って移動するだけのことも楽しんでくれる。

馬車の窓から見えるラーナシュにとって珍しいものについて話をしながら、運河の水門を一緒に眺め、また次の地点に向かった。


「おお、河が見えてきたぞ」

莉杏はラーナシュの視線の先を見たあと、目印を探した。おそらくあれは……。

「あれは龍水河ではなくてまだ運河ですね。この辺りは龍水河と運河が並行して流れていて、あちこちに橋がかけられているのです」

「これも運河だったのか。やはりとんでもない大運河だな」

この大運河のおかげで、穀倉地帯の作物を別のところへ大量に移動させることができるようになった。

しかし、強制的に工事へ参加させられた民の恨みの歌は今も残っている。

(黄色い旗だ、おうちへお帰り……)

運河の工事で苦しんだ人たちの声も、大運河をつくったことで暮らしが一気に変わった事実も、莉杏は両方を言い伝えていかなければならない。

（あとの人たちに伝えたいことはたくさんある）

たとえば、と莉杏は女官から聞いた話を思い出した。

十年に一度かけかえているという葛橋は、いつかけかえたのかをきちんと伝えていかないと、大変なことになるだろう。

「橋だ！　ここまで並ぶとすごいな！」

ラーナシュが窓から外を見て喜んでいる。

莉杏は頭の中の地図を広げ、今どこにいるかを確認した。もう少し先に天璇という名の水門があるはずだ。先日の長雨のときに水門を開けたはずだけれど、今はどうなっているのだろうか。

「木造の橋と石造りの橋があるな。木造の橋は古いものなのか？」

「はい。石造りのものに少しずつ変えている最中です」

莉杏は、木造の橋がどの時代のものなのかを説明する。

「あの茶色の橋の橋脚は他よりも多くて……」

古い橋は、橋を支える橋脚が多い。橋脚が多いと、流れてきた大きな木がひっかかりやすく、そこに細かいものがどんどん絡みつき、ついには水の流れをふさいで洪水を起こすこともあるのだ。

（わたくし、お勉強の成果が現れたかもしれません！）

莉杏は、葛でつくった橋の話を聞いたあと、この国の橋について調べてみた。

ラーナシュの質問に「よくわかりません」と首をかしげることにならずにすんだので、嬉しくなってしまう。

「皇后殿、あの茶色の橋を見に行かないか？」

「なにか気になるところがありましたか？」

「他の木造の橋に比べて、こう……真ん中が下がっている。俺は眼がいいんだ」

莉杏はラーナシュが指さした茶色の橋をじっと見てみたけれど、他との違いがよくわからない。しかし、ラーナシュの指摘が気になったので、外にいる双秋へ寄り道を頼む。

「どうせ向こう側に行かないといけないので、そこを通りましょうか」

双秋は莉杏の頼みに快く頷いてくれ、ほんの少しだけ予定を変更してくれた。

茶色の木造の橋の真ん中で馬車が停まれば、ラーナシュは勝手に馬車の扉を開けて降りる。

「……大きな岩がひっかかっているぞ！」

莉杏は双秋の手を借りて馬車を降り、橋から河を見下ろしているラーナシュの横に立つ。

ラーナシュの視線の先を追いかけると、橋脚のところに大きな岩がひっかかっていた。

「いつのことかはわからんが、上から流れてきてぶつかったんだな。橋脚にひびが入っている。このせいで橋自体が歪んだのかもしれん」

真ん中が下がっているというラーナシュの指摘は、気のせいではなかった。

莉杏は、橋が落ちたという話を昨日聞いたばかりだったので、不安になってしまう。

「双秋、このままにするのはよくないですよね？」

「そうですね。岩を撤去しないと大変なことになるかもしれませんので、この橋の点検や修理は早くすべきです。ですが……」

人を回す時間も金もない、という続きの言葉を、莉杏は言われなくても察してしまった。

（葛橋だけではなく、木造の橋も石造りの橋もつくって終わりではない）

すべての橋を点検すべきだ。けれども、今は壊れて通れなくなった橋を直すので精いっぱいなのだろう。その辺りのことは、暁月がしっかり優先順位を考えているから、あまりくちを出してはいけない。

（急ぎすぎても駄目。大運河をつくったときのように、つらい目に遭わされる人が生まれてしまう）

莉杏はもどかしさから橋を摑む手に力をこめる。すると、ぐしゃりという嫌な音が聞こえた。この音は、柔らかくて水気のあるものを潰したときの音に似ている気がする。

「え……？」

莉杏が驚くと、ラーナシュが振り返った。

そして、莉杏の小さな手によってあっさり橋の一部が握りつぶされたことがわかると、眼を見開く。

「いかん！　この橋は腐っている！　戻れ！」

ラーナシュが莉杏の手をひっぱった。

莉杏が勢いがついたまま数歩動いたとき、なにかがきしむような音を立てる。それはすぐ傍から聞こえた。

「うわっ！」

誰かが叫ぶ。

莉杏が視線を向けると、武官の足が橋の木板を踏み抜いていた。

「あっ……！」

とっさに莉杏は自分の足下を確認する。すると、自分の足下の木板にも細いひびが入っていた。そのひびは馬車の車輪の下まで続いている。

なにが起きているのかを理解した途端、莉杏の身体が動かなくなった。

（……この橋は危ない！　急がないと！）

それでもなんとか足をもつれさせながらも前へ踏み出そうとしたとき、大きな揺れによって膝をついてしまう。

「逃げろ‼」

誰かが叫んでいる。莉杏は慌てて立ち上がろうとするけれど、手をついた部分が腐っていたのか、いきなりへこんでしまって上手くいかない。

焦っていると、突然身体がふわりと浮いた。なぜだと驚いている間に、ラーナシュによって抱えられる。

「息を止めろ！」

どうしてと問い返す前に、身体が逆さまになった。

大きな音を立てて崩れていく橋と、その橋に呑みこまれていく馬車が見える。

（馬が……！）

眼の前のものがゆっくり動いているように見えたあと、強い衝撃に襲われて息が止まった。痛みに耐えていると、身体が異様に冷えて重たくなる。

「……っ！」

河に落ちたのだと気づいたときには、激流に呑まれていて、衣服が身体にまとわりついていた。息が苦しくてもがこうとしたとき、ぽんぽんと背中を叩かれる。

（ラーナシュ……！）

前が見えない。けれども、ラーナシュの腕に抱かれていることはわかって、そしてこういうときの対処法を必死に思い出した。

溺れそうになったときは息を止めておく。とにかく力を抜く。

身体が浮いたら、焦らずに顔を出して呼吸をする。

(力を抜いて、力を抜いて……!)

勢いよく流されていく身体に、再び強い衝撃が襲った。

どうしてだと思っていると、顔がようやく水面から出る。

「皇后殿! そのまま捕まっていろ!」

耳元で叫ばれたが、莉杏は咳きこむことしかできない。

必死に呼吸を整えていると、身体がぐらぐらと揺れているのを感じる。

(河に落ちて……ううん、ラーナシュが一緒に飛びこんでくれて、それで……)

橋が腐っていて、崩れた。

ラーナシュは莉杏を庇ってくれ、一緒に流された。

それでも、ラーナシュは上手く川縁の石を掴んだらしい。片腕だけで自分と莉杏の身体が流されないようにして、まずは莉杏を石の上に登らせ、それから自分も這い上がった。

莉杏は立ち上がれないまま荒い息を吐き続ける。

「痛いところはないか?」

ラーナシュは服をしぼりながら莉杏の横に膝をつく。

莉杏はようやく自分の身体に意識を向けることができて、手を動かしたり足を動かしたりしてみた。

「大丈夫そうです。ラーナシュは怪我をしていませんか?」

「俺も大丈夫だ。……やっぱり少し流されたな」

あっという間の出来事に思えたけれど、そうではなかったのかもしれない。

ここからでは橋が見えないし、護衛の武官たちの声も聞こえてこない。

「橋が丸ごと落ちて見えなくなっているのか、かなり遠くまで流されたのか、どちらなのかわからん。……さて、どうするかだが」

季節は秋。そして夕方。これからすぐに暗くなっていくだろう。

「上流に向かって歩いて、元の橋のところまで戻るか？　近くに街があるならそっちでもいいぞ」

莉杏は龍水河の勉強のときに、国の地図を何度も見ていた。

──自分たちは、龍水河の東側から西側へ橋を使って渡ろうとしていた。橋の崩落に巻きこまれて、流されながら河の西側にたどり着いた。

だとするとここは……。

「橋が落ちる前、みんな東側に戻ろうとしました。双秋たちは東側にいると思います」

双秋たちが無事なら、すぐに皇后とラーナシュの捜索を開始するだろう。

河の西側にたどり着いたところを見ているのなら、上流にある橋を使うか、それとも下流にある橋を使うかして、ここまできてくれるはずだ。

「わたくしたちが落ちた橋に向かえば、逆に合流が遅れるかもしれません」

「それもそうだな。下手に動くとすれ違う」

「おそらくですが、近くに街はありません。安全な場所で待機しましょう」

幸いにも雨が降るような気配はない。風をさえぎってくれるものを明るいうちに探しておくべきだ。

「服をしぼったら周りを歩いてみるか」

ラーナシュと莉杏は、できる限り衣服の水気をとる。

風はそうなかったけれど、秋に全身が濡れたら寒い。ぶるりと震えると、ラーナシュが身体をよせてくれた。

「う〜ん、俺も濡れているから意味はなさそうだ。早く風のないところに行こう」

幸いにも、少し先に祠があった。

祠を雨風から守るための木でできた覆いがあって、それは莉杏とラーナシュも入れそうだ。

「よし、火をおこすぞ」

「火打ち石をもっていたのですか⁉」

「旅の必需品だ。薪になりそうなものと……あった、これだ。このちくちくした茶色の葉をたくさん集めてくれ」

莉杏はラーナシュと一緒に祠の近くを歩きながら、落ちている枝や葉っぱを拾った。

少しでも湿り気がとれるようにと、手にもった枝葉を振っておく。

「おお、倒木だ。いい感じの太さだな」

火打ち石だけではなく、今度は小刀を取り出したラーナシュは、莉杏の両手で包める程度の太さの木を、腕の長さぐらいに切り分ける。切り終わったら表面を削っていった。

「湿った部分を捨てれば薪になる。それでも湿気で煙がすごいことになるだろうが、今は狼煙になってちょうどいい」

祠の覆いの中で火をおこすと、湿気による煙で前が見えなくなるかもしれない。火の管理ができないと危ないので、風が当たらない位置を探し、祠の横で火をおこした。

「わぁ……！」

ラーナシュは手際よく火をおこしていく。

火種ができたら茶色の葉を入れて火を大きくし、小枝を入れて、それから薪を放りこみ、人を温められそうな大きさの焚き火をつくった。

（ラーナシュはすごい！　やっぱり冒険小説の主人公だわ！）

叉羅国のとても偉い人なのに、一人でどんなところにも行けるのだろう。きっと面白い冒険談をたくさんもっているはずだ。

「あとは待つだけだな。火事だと駆けつけてくれる人がいたらありがたい」

莉杏はぱちぱちという音を聞きながら、湿った服をできる限り広げた。冷えた身体が少しずつ温まっていく気がする。

「祠があるということは、ここは道の近くなのか？」

お参りする人がいるんだろう？　とラーナシュが尋ねてきた。

莉杏は頭の中にある地図をじっくり見つめ、首を横に振る。

「この祠は洪水で亡くなった人を弔うためのものです」

「……そうか。なら祈っておこう」

ラーナシュは司祭だ。祈りの言葉を祠に捧げてくれた。

（わたくしもあとで供物を捧げにきましょう）

莉杏は祠を観察する。古いけれど、何度か修理されたようなところがあった。誰かが管理しているのだ。

（きっとこの辺りは、大雨が降ると危ないのね）

だから近くに街がない。そして亡くなった人を弔う祠がある。この祠は、のちの人のために残しておかなければならないものだ。

——地図を見ただけでは、道を通るだけでは、祠とその意味に気づけなかっただろう。

書物や地図、海成の説明、女官の話……そして、自分の眼で見ること。

龍水河に落ちてよかったかもしれないと思い始めたら、気持ちが少し落ち着く。

（この煙、夜でも近くまできたら見えるのかしら）

煙が上っていくところを眼で追うと、夜空が見えた。

真っ暗な空で星が瞬いていたので、目印になる星を探してみる。

「天枢、天璇、天璣、天権、玉衡、開陽、揺光……」

柄杓星と呼ばれる七つの星の斗柄の部分を利用したら、方角がわかる。

莉杏は北の方角に視線を向けてみた。

いざとなったら、街まで歩かなければならない。方角はその助けになる。

（みんなから教えてもらったことが役立っている）

少し前、暁月の異母兄である堯佑が反乱を起こした。

国を真っ二つにする内乱に発展しないよう、みんなで色々な作戦を立てた。そのうちの一つに、『皇后が堯佑元皇子に誘拐されたふりをして人質になる』というものがあったのだ。

莉杏が生きて帰れるのかわからないとても危険な作戦だったので、暁月は反対した。けれど、結局は堯佑の人質になることを許可してくれて、それからは『生き残るために必要な知識』をたくさん与えてくれた。

（どんなところからでも、一人でも、わたくしは陛下の元へ帰ることができる）

太陽から方角を、星から方角を。曇っていてどちらもわからないときは、年輪を探す。

野宿の仕方、街に着いてからの保護の求め方、暗闇が怖くなってしまったときに自分を励ます方法も覚えた。

　みんなの想いがあるから大丈夫だと、莉杏は自分を元気づける。

「ラーナシュ、折角ですから星の名前を覚えてみませんか？」

「おお、それはいいな。皇后殿は前向きで助かる」

　莉杏の視線の先にある星を、ラーナシュも見つめた。

「『河に落ちて外で夜を過ごすことになった』よりも『星の名前を覚えにきたらちょっと寒かった』の方が楽しいです。わたくしにも、あの七つの星の叉羅語での呼び方を教えてください」

　莉杏とラーナシュは並んで寝転がる。

「柄杓の器の部分から順番に……」

　ラーナシュと莉杏は、互いの国に伝わっている星の話をする。

　赤奏国では七つの星を柄杓星と呼び、それぞれの星につけられた名前が水門にも使われているのだと話した。

「水門に星の名前か。不思議な感じだが、ちょうど数が七つだったのか？」

「はい。赤奏国がまだ天庚国だったころ、大きな治水工事をして、そのときに七つの大きな水門をつくったのです。柄杓星の名前を水門につけたのは、あふれそうになった水を柄杓ですくいたいという願いがこめられているのかもしれません」

「なるほど。納得した。叉羅国では、七つの星に賢人の名をつけているぞ」

ラーナシュは夜空を指差しながら歌い始める。

「夜空よ　マリーチ　バシシュタ　アンギラス
旅人よ　アトリ　バラスシヤ　パラアッハ
目指せ　クラッツ」

優しい歌声だ。どこかで聞いたことがある気がする。

「これは叉羅国に伝わる七つの星の歌だ。みんな知っている」

「叉羅国のわらべうたなんですね！」

一度聞いただけでも覚えることができる曲だ。

莉杏は小さな声で真似して歌ってみる。

「七つの星から方角がわかるからな。賢人の導きだという意味が……」

ラーナシュは叉羅国の柄杓星について話をしていたが、突然言葉を止めて起き上がる。

厳しい視線をどこかに向けたあと、莉杏を見た。

「皇后殿、急いで火を消すぞ。人の気配がする」

莉杏には、焚き火の音と虫の音と、風に揺らされている枝葉の音しか聞こえない。

それでもラーナシュと共に慌てて焚き火に土をかけ、急いでこの場から離れた。

「……、りだ……早く……」

近くにあった大きな木の幹に張りついてじっとしていると、人の声が聞こえてくる。

街も道も近くにないから、通りがかった人という可能性は低い。

「迎えかどうかはっきりするまではここで待とう」

ラーナシュの囁き声に、莉杏は静かに頷いた。

（双秋たちよね……？）

どきどきしながら足音と声に耳を澄ませていると、莉杏の肩を掴んでいるラーナシュの手に力がこもった。

「軍人の足音ではないな。これは普通の人間だ。武官たちに頼まれて捜索をしているという可能性もあるが、もう少し様子を見よう」

「あの、わたくしを捜すときには、『花が咲いた』という合言葉を使うことになっています……！」

実は今回、ラーナシュが使っていた合言葉を早速取り入れてみたのだ。

しかし、折角の合言葉なのに、歩いてくる人たちはそれを言わない。

「あったぞ、この祠だ。荷物を一旦置け」

「そっとな。……あ、こら！　暴れるな！　じっとしていろ！」

現れたのは七人の男たちで、彼らは大きな木箱を運んでいた。木箱はなぜかときどきがたがたと揺れる。中に生きものが入っているのかもしれない。

「……まさか」

ラーナシュの低い声での呟きに、莉杏は答えられなかった。けれども、考えていることはきっと同じだ。

「みんな祈り終えたな。よし、河に沈めるぞ。端をもて。せーの……！」

莉杏の身体が一気に冷たくなる。木箱を河に沈めるという行為に、心当たりがありすぎた。

「ラーナシュ……！」

「七人を一人でどうにかするのは無理だ。……だが、できる限りのことはする。服や帯を借りてもいいか？　縄がほしい」

「はい！」

莉杏は上衣を脱ぎ、飾り紐をほどき、ラーナシュに渡す。ラーナシュも上着を脱ぎ、袖同士を結んだり、莉杏の飾り紐を結んだりして、縄の代わりになるものをつくった。

その間に、木箱は河に投げ入れられてしまった。男たちの「沈んでくれたな」「これで安心だ」という声に恐怖を感じてしまう。

（そうだ、火を……！）

男たちは目的を果たしたあと、すぐにいなくなった。

莉杏は焚き火の近くに置いていたラーナシュの火打ち石を手に取り、手を震わせながらも二つの石をぶつける。

木箱の中にいるかもしれない『誰か』を救出できたら、身体をすぐに温めてやらなければならない。

「ついた……！」

手がもたついて、なかなか上手く火花が散ってくれなくて焦ったけれど、なんとか小さな炎をおこすことに成功する。焚き火の周りに置いて乾かしていた枝を火に入れ、大きな火をつくった。

「ラーナシュ！」

「こっちだ！」

莉杏が暗闇の中で叫べば、ラーナシュが叫び返してくれる。

莉杏はその声を頼りにしてラーナシュのところへ駆けつけた。

「岩にひっかかっていた！　引き上げるぞ！」

ラーナシュは、自分の身体が流されないようにするため、川縁の木に縄代わりの布を縛りつけ、縄代わりの布のもう片方をしっかり手首に結び、それから河に入ったらしい。

莉杏は木箱とラーナシュを助けたくて、必死に縄代わりの布をひっぱった。

——水が冷たい。縄代わりの布が手のひらに食いこむ。滑（すべ）ると痛い。

歯を食いしばって力をこめていると、ラーナシュが木箱をなんとか土手に転がし、共に上ってくる。

「大きさからすると、中にいるのは子どもだろう。急がないと……！」

ラーナシュが小刀を木箱に突（つ）き立（た）てるが、木が硬くてなかなか刃が入らない。

莉杏は落ちている石を拾い、木箱の角を叩いた。

じんと手が痺（しび）れる。けれども、何度も何度もぶつける。

「あっ……」

ばきんと音を立てて木箱の角が砕（くだ）けた。

ラーナシュはその隙間（すきま）に小刀を入れ、柄（つか）に力をこめてふたを外そうとする。そしてさらに大きくなった隙間に今度は指を入れた。

莉杏も隙間に指を入れて、ラーナシュと一緒に力をこめる。

「このっ……！」

ラーナシュがうなったとき、音を立ててふたが開いた。

莉杏は勢いがつきすぎ、うしろに転んでしまう。

「大丈夫か⁉」

ラーナシュが木箱の中を覗きこんだとき、ぴょんっと小さいものが飛び出てきた。

莉杏が瞬きをしていると、長い耳をつけた小さいものは身体をぶるぶると震わせ、水滴を払う。

「……うさぎ」

茶色のうさぎはきょろきょろと左右を見たあと、力強く地面を蹴って闇の中に消えていった。莉杏はぽかんとしてしまったけれど、はっとして立ち上がり、木箱の中身を確認する。

「これは……林檎？」

入っていた果物を手にとると、甘酸っぱい匂いがする。

林檎を手に呆然としていると、ラーナシュが笑い出した。

「ははは！　とんでもない勘違いをしてしまったな！」

びしょ濡れのラーナシュの明るい声につられ、莉杏も笑ってしまった。

（……河にお供えを流しただけだったのね）

焦りすぎて、子どもが生贄にされている以外の可能性が見えなかったらしい。

二人でよかったと笑い合い、また濡れてしまったことにも笑った。

「よし、この果物でも食べるか。腹が減った」

莉杏とラーナシュは、服をしぼりながら焚き火のところに戻る。

焚き火の炎を大きくし、身体を温め直した。

「亡くなった者たちを弔う祠に祈りを捧げ、河に供物を捧げる。ごく普通のことが行われただけだった。……よかったな、皇后殿」

「はい」

ほっとしたからか、莉杏の身体から一気に力が抜けていく。

生贄にされた子どもがいなくて本当によかった。

（そうよね。誰かを生贄にしようだなんて、よくあることではないわ。よくあることだったら陛下のお耳にも入るし、対策なさるだろうから……。当たり前のことを、わたくしは意識できていなかった）

先ほどの人たちにとって、眼に見えない不安へ立ち向かうための武器は『うさぎと林檎』というお供えだったのだ。

（うさぎと林檎……どうして人にしなかったのかしら）

莉杏は、自分の疑問に自分で答える。

（いいえ、うさぎと林檎でもいいの。この辺りはずっとそうしてきたはずだから）

それはいつから？　と莉杏は首をかしげる。

どこかで『うさぎと林檎』になった。ずっと続けられてきた。――……前にやっていたことをそのまま続けるのは楽だから。

（人間を捧げることにした人たちも同じだわ。あるときに人を捧げて、そのまま続けてい

るだけ。毎回考えて決めているわけではない)

それならば、『最初』を改めて決めることができれば……。

「皇后殿！　今度は本物の迎えだ。軍人の足音がする」

「えっ⁉」

ラーナシュが立ち上がる。あっちだと指を差したので、莉杏は大きく手を振った。

「奥さま〜！　いらっしゃいますか⁉」

今度こそ双秋の声だ。

莉杏はぴょんぴょん飛び跳ねながら大きな声を出す。

「わたくしはここにいます！」

橋から落ちて、二度も濡れて、煙をたくさん浴びた。

紐をひっぱって、木箱を開けようとして、指が痛くなった。

散々な視察だったと言うこともできるけれど、莉杏は別のことで頭がいっぱいになっている。

(わたくしは、安心を得るための手がかりを見つけた気がする！)

莉杏はとびっきりの笑顔で双秋に駆けよった。

視察を終えて茘枝城に戻ってきた莉杏は、まず怪我の治療をしてもらった。

暁月へ視察についての報告は勿論するけれど、前回のように『ヴァルマ家の当主を拾った』のような緊急性のあるものはないので、暁月が部屋に戻ってきてからするつもりだ。

「今のうちに安心を得るための方法についてまとめておかないと」

筆記具を手にとったとき、莉杏の手のひらに痛みがぴりっと走る。

手のひらには、ラーナシュを引き上げようとしたときと、木箱を開けようとしたときにできた傷がある。大した怪我ではなく、転んで手をついたら擦りむいたぐらいのものだけれど、両手が痛いと色々不便だ。

「大げさだけれど、皇后だからしかたないわね」

この程度の傷なら、薬を塗ってできるだけものを触らないようにしておけば充分なのに、包帯をぐるぐる巻かれてしまった。

過剰すぎる手当てによって逆に手が動かしにくいのだけれど、皆の心配をしっかり受け取っておこう。

「手が動かせないと退屈だわ……」

　散歩にでも行こうかなと考えていると、扉の外から声をかけられた。この声は、ラーナシュの世話をしている文官だ。

「皇后陛下、ラーナシュさまからお茶のお誘いがありました。『医者にじっとしていろと言われたが、退屈すぎる』とおっしゃっているのですが、どうしましょうか」

「すぐに行きます！」

　客人の話し相手も皇后の仕事の一つである。莉杏はラーナシュの部屋に急いで向かった。

「皇后殿、お疲れのところ申し訳ないな」

　ラーナシュは椅子から立ち上がろうとしたけれど、立っては駄目だったと言いながら腰を下ろす。

「怪我の具合はどうでしたか？」

「俺はただの打ち身だ。しかし、腫れている間はじっとしていろと言われてしまった」

　莉杏は部屋にいた文官に椅子を引いてもらい、ラーナシュの向かい側に座った。すぐに茶と菓子が用意されるが、ぎこちない手つきで準備をしてくれているのは、いつもラーナシュの護衛と見張りをしていた双秋ではない。

（双秋はラーナシュの警護の責任者。陛下や禁軍への報告が長引いてまだ戻れないのね）

　双秋にとっては、今回の視察は無事に終わらなかったという認識らしい。

　莉杏にとっては『誰も大きな怪我をしなかったし、自分は手がかりを摑めて大満足』で終わった視察だったので、みんなが落ちこんでいることに驚いてしまった。

「ソウシュウなら、しばらくは別の者が世話をするかもしれないと言っていたぞ」

ラーナシュは、莉杏が双秋を捜していることに気づいたのだろう。責任をとって謹慎処分になるかもしれないという話をそっと教えてくれた。

「そうですか……。あの橋が落ちたのは、しかたのないことだったのですが……」

「皇后殿の手が傷ついたし、俺もあちこちをぶつけた。この結果を『しかたない』で許したら、武官たちの気がゆるむ。次からは手を抜いた仕事をするかもしれない」

なんでもかんでも許せばいいというわけではないことを、莉杏も知っている。

それでも、今回は誰であっても防げなかった出来事だったので、あまり叱られないでほしかった。

「ラーナシュを巻きこんでしまって……」

ごめんなさい、と莉杏が言おうとしたとき、ラーナシュは人差し指を莉杏のくちに近づける。

「その先を言うのは駄目だ。今回の一件は、橋がそもそも腐っていたということもあったが、おそらくとどめを刺したのは、俺たちが乗っていたあの馬車だろう。俺が馬車に乗っていなかったら、馬車に乗っていてもあの橋を見に行こうと言わなければ、橋は落ちなかったかもしれない」

「……！　あの橋はもう限界でした！　だから落ちたのです！」

「いいや、無理を言って馬車に乗せてもらい、道を変えるように言った俺が悪い。だが、橋が崩れたあと、俺は皇后殿を守るために怪我をした。俺には悪いところがあったが、いいところもあった。それで終わりにすべき話だ」

莉杏が勝手に謝ることで、赤奏国が一方的に悪いという展開にしてはいけない。

ラーナシュの優しい教えに、莉杏はなにも言えなくなる。

莉杏は皇后だ。個人的に謝りたくても、国を背負う者として謝ってはいけないときもある。

言おうとしたことをぐっと堪えると、ラーナシュがそれでいいと黙って頷いた。

（……ラーナシュはいい人だわ）

ラーナシュは、莉杏にわざわざ忠告し、この一件を上手く収めてくれた。ラーナシュが相手でなければ、莉杏は国のためにならないことをしてしまったかもしれない。

「外交は難しいです」

「ああ、とても難しい。俺もいつもそう思う。でもやらないとな」

ヴァルマ家の当主は、半年前に代替わりしたばかりだ。

それでもラーナシュは、当主として驚くほど堂々としている。

（ラーナシュを見習ってわたくしもがんばらないと……！）

勢いに任せてぎゅっと拳をつくると手のひらが痛んだので、莉杏は慌てて手を広げた。

その日の夜はひんやりとしていた。

暁月は仕事を終えたあと、私室に戻って一人で着替える。

皇帝なら従者に手伝わせるべきかもしれないが、乳兄弟である従者の沙泉永は暁月との適切な距離というものをよく知っているので、なにも言わなくてもいつも上手く放置してくれていた。

「……歌？」

どこからか声が聞こえた。耳を澄ませると、ラーナシュの声だとわかる。

――夜空よ　マリーチ　バシシュタ　アンギラス……。

暁月はため息をついた。怪我をしたというから見舞いに行ったけれど、その必要がないぐらいに元気だったらしい。

（まぁ、でも、落としどころをわかっているやつと話すのは楽だな）

――橋の崩落に巻きこまれて色々あったけれど、互いに追及せず、これからも仲よくやっていきましょう。

多少の腹の探り合いはあるけれど、その結論にあっさりたどり着けたので助かった。

（これがあの珀陽だったら……）

暁月はここにいない白楼国の皇帝『珀陽』へ舌打ちをする。

被害者になるためならわざと怪我をするような男とは早々に縁を切りたいのだけれど、どうしても無理だということはわかっていた。

「陛下！　お帰りなさいませ！」

寝室に入れば、莉杏が笑顔で迎えてくれる。

橋に落ちたという連絡をもらったときはひやりとしたけれど、怪我らしい怪我がないという不思議そうな顔をする武官のおかげで、ひとまずほっとはできていた。

（これも朱雀神獣の加護ってやつ……か？）

莉杏とラーナシュは死んでもおかしくなかった、と双秋は言っていた。

自分が朱雀神獣の加護を失ったときのことを考えると不安になってくる。

「手は？」

暁月が尋ねれば、莉杏は真っ白な包帯に巻かれている手をぱっと開いてみせた。

「わたくしは両手を擦りむいてしまっただけです。それよりラーナシュの怪我の方が大変です。お医者さまからじっとしているようにと言われていて……」

「あいつの様子ならもう見てきた。あんなのは大した怪我じゃない」

暁月はそれよりも莉杏の手を取る。

莉杏の手のひらは白い包帯で覆われていて、見ただけでは怪我の様子がわからない。しかし、元気に動かしているので、本当にささやかな怪我なのだろう。

「この程度なら数日で……」

暁月は視線を白い包帯から指先へ向かわせ……驚いてしまった。

莉杏の指の腹に青いあざができていて、爪がところどころ欠けていて、赤くなったままのところもある。思わずその手を強く握りそうになった。

「指が……」

なんでこんなことに、と心の中で呟く。

答えがわかっていても、誰かに感情のまま問いかけたくなってしまう。

「爪は女官に手入れをしてもらいました！」

欠けた爪をやすりで丁寧に整えても、欠けた部分が埋まるわけではないし、ひびや細かい傷がなくなるわけでもない。

暁月は、無茶をしたという痕跡に息を呑んだ。

「痛くないのか？」

「ものをもっと少し痛いです。でも我慢できる程度です」

莉杏の言う通り、痛みに苦しむような怪我ではないだろう。

それでも、白くて華奢な手に残されたものは、あまりにも……痛々しかった。

「橋が落ちた話なら双秋から聞いている。この程度ですんだのは本当に幸運で、『よかったな』で終わる話だ」

莉杏は皇后だ。もっと危険な状況になったこともある。今回の怪我は、子どもを救おうとした名誉の負傷だと誇りに思ってもいい。

——そんなことわかっている。それでも……！

暁月はため息をつく。しかし、胸の中にたまっているなにかは吐き出せなかった。

「ああ、くそ！『よかったな』なんて言えるわけないだろうが！」

莉杏が眼を円くした。突然の大きな声に驚いたのかもしれない。

暁月はそうじゃないと示すために、まずは自分を落ち着かせようとする。

「こんな怪我、大したことはない。見てほっとした。でも見ているだけでも痛くなる。

……心配か、安心か、どんな顔をしたらいいのかわからねぇよ」

自分の傷だったら「心配するな」と鬱陶しそうに言って終わった。

けれども、莉杏の傷だ。できれば傷を一つもつけたくない相手だ。

代わってやりたいのに代わってやれないというもどかしさを、どうしたらいいのかわからなかった。

(これが過保護ってやつか……？　いや、怪我をしてからの話だから少し違うのか？)

う〜んと悩むと、莉杏が眼を輝かせながらこちらを見ている。

「わたくしは心配も安心も嬉しいです！」

「あんたは気楽でいいよな」

莉杏の手がもち上がり、暁月の頬をそっと撫でた。

「わたくしだって『一緒に寝てほしいです』と『お仕事がんばってください』の気持ちで、毎晩とても迷っています」

迷っていると言いながらも、莉杏にわがままを言われたことはない。

……言ってもいいのに、とどこかで思っていることは内緒だ。

「あんたにしては、大人な悩みだ」

暁月は頬に触れている莉杏の手に、自分の手をそっと重ねる。

優しく莉杏の手を取り、早く治れという気持ちをこめてくちびるをよせた。

（おれには朱雀神獣の加護があるし、少しでも早く治ってくれたら……）

どうか、と珍しく朱雀神獣に祈る。

気休めという行為を心底嫌っていたけれど、それにすがるぐらいには莉杏への情が深まっているらしい。

おれも変わったなと自分に呆れながら莉杏の手を下ろしてやると、莉杏が顔を真っ赤にしていた。

「ん？　どうした？」

瞳を潤ませながらこちらをじっと見ている莉杏は、くちを開いたり閉じたりする。しばらくの間、声にならないという状態だったけれど、どうにか復活した。

「……っ、陛下が格好いいです！　好きです！　大好き！」

「はいはい」

いつものあれかと適当な返事をしていると、莉杏が身を乗り出してくる。

「本当に素敵でした！　どんな物語の主人公よりも陛下が一番です！」

どこがどうよかったのか、莉杏は事細かに解説してくれた。

それだけ格好よかったと思ったのなら、うっとりして終わればいいのに、なぜか熱心に教えてくれる。情緒がないところはまだ子どもだ。

「おれのことよりも、視察のことを聞かせろよ」

長くなりそうな気配を感じ取ったので、暁月は話題を変える。

すると、莉杏はそうだったと表情を変えた。

「わたくしは今回の視察で、供物を捧げにきただけの人を、子どもを木箱に閉じこめて河に沈めにきた人だと勘違いしてしまいました」

暁月は、その辺りの話も双秋から聞いていた。勘違いして勝手に供物の箱を壊してしまったので、あとで別のものを用意して捧げることになっているはずだ。

「洪水への必要以上の不安をなくす方法は、生贄を捧げる以外にも色々あります。地域によって捧げるものが違うのは、『前もそうしていたから』のはずです」

伝統をそのまま受け継いでいくと楽だ。害のない伝統なら、わざわざ「意味がないからやめよう」と言い出すよりも、そのままにした方がいい。

だから暁月は即位の儀式を省略しなかったし、季節の儀式や祭りを金がかかると思いつつも必ずやっているのだ。

「捧げるものという一部分だけ変えた新しい伝統をつくれば、これからは生贄に選ばれることを恐れなくてもよくなります」

――生贄の儀式はなくそう。

莉杏は、今まで通りを全否定する答えではなく、できるだけ今までによりそう答えを出すことにした。

「馬鹿げたことの一部は肯定してやるってことか」

信じてきたことをすべて否定されたら、誰でも反発する。

しかし、一部分だけの変化なら受け入れられるかもしれない。

供物を捧げても、洪水が起こらないわけではない。けれども、『なにかしたい』という気持ちは大事にするべきだ。

「……どうでしょうか」

莉杏が上目遣いで不安そうにしている。けれど、その瞳の奥には強い意志を感じる光が灯っていた。

「ありだな」

暁月の答えに、莉杏がぱっと笑顔になる。

よかったと喜ぶその姿は子どもだけれど、皇后でもあった。

「まだ方向性にありと言っただけだからな。もっと細かいところまでしっかり考えろ」

「はい！」

嬉しそうな莉杏とは対照的に、暁月はどこか寂しくなる。

きっともう、寝る前にわざわざ問題を出してやらなくてもいい。

莉杏は、自分で問題を見つけ、自分で考えることができるようになっていた。

ラーナシュは、怪我が治るまでじっとしていなければならないと診断された。しかし、明らかに『じっと』ができるような人ではない。

莉杏は、ラーナシュには話し相手が必要だと判断する。

「叉羅国からきた客人の話し相手……ですか？」

「はい！　明煌の負担にならない程度で大丈夫です」

皇太子の明煌は二十六歳の青年で、暁月よりも年上だ。

明煌は『とりあえず』の皇太子である。元々は道教院の道士として修行に励んでいた明煌は、皇帝になる気がまったくなかったし、暁月にとっても世継ぎが生まれるまでの期間限定の皇太子でしかない。

それでもあとで面倒なことにならないよう、皆にも『明煌はとりあえずの皇太子』であることをわかってもらうため、明煌は皇太子としての仕事をせず、道士としての生活を茘枝城で続けていた。

「客人はヴァルマ家の当主で、名前はラーナシュ・ヴァルマ・アルディティナ・ノルカウスです。旅の途中で従者とはぐれてしまったので、捜している最中です。この間、わたくしの視察に同行した際に橋の落下に巻きこまれて怪我をし、しばらくはじっとしていなければならないとお医者さまに言われました」

莉杏の説明を聞いた明煌は、困ったような表情になる。

「そんな大事故に巻きこまれたのなら、会話も大変なのではありませんか？」

「ラーナシュはあちこちをぶつけてしまいましたが、手も足も動きます。だからこそじっとしていられなくて、話し相手が必要なのです」

明煌は莉杏から求められている『話し相手』の意味を理解できた。退屈を紛らわせるためのものではなく、じっとさせるための話し相手なのだろう。

「客人は叉羅国人……通訳はいますか？」

明煌は、引き受けてもいいけれどそこが心配だという顔をしている。

莉杏は笑顔で大丈夫だと頷いた。

「ラーナシュは赤奏語を話せます。わからない単語があるときは、言葉を変えて説明すると理解してくれます」

「それなら私にも務まりそうですね。道士として叉羅語の文章の読み書きはできるようにしてありますので、それも少しは助けになるでしょう」

莉杏は明煌と共にラーナシュのところに向かう。

明煌とラーナシュを引き合わせたあと、ラーナシュには明煌が皇太子であることを、明煌にはラーナシュがヴァルマ家の当主であることを改めて説明した。

「皇太子殿のことは知っている。素晴らしい書家だと聞いた。その筆蹟を拝見したい」

ラーナシュは、最近皇太子になったばかりの明煌の名前を知っているだけではなく、道士としてどのような評価をされていたのかまで知っていた。異国についてかなりしっかり勉強しているようだ。

（外交で『知らない』は失礼だもの。わたくしもたくさん学ばないと……！）

折角ラーナシュが滞在しているのだから、こちらも叉羅国についてもっと詳しく学ぶべきだろう。

今日から早速、と莉杏が考えたとき、廊下が急に騒がしくなった。

「失礼します。ラーナシュさまの従者らしき方々が城下にいらっしゃいました。部屋へお通ししてもよろしいでしょうか」

武官の声が扉の向こうから聞こえてくる。

途端、ラーナシュの表情がぱっと明るくなった。

「本当か!? 部屋に入れてくれ！」

ラーナシュは立ち上がり、扉に向かう。

莉杏はまあそれぐらいなら……と止めるのをやめた。医者の注意を忘れるぐらい皆との再会が嬉しかったのだろう。

「ダナシュ！」

「ラーナシュ！」

扉が開かれると、黒髪の美しい女性がラーナシュに駆けより、抱きつく。

二人は叉羅語でなにかを話していて、ラーナシュは大丈夫だと言わんばかりに何度も頷いていた。

（あら？　従者にしては……）

ダナシュと呼ばれた女性は、金銀や小さな宝石を使った装飾品を身につけている。彼女は明らかに上流階級の人間だ。年齢はラーナシュと同じぐらいだろうか。瞳の中に情熱的な炎が宿っていた。

「皇后殿、皇太子殿、紹介しよう。俺と結婚を約束したダナシュだ」

ラーナシュが叉羅語でダナシュになにかを言うと、ダナシュは手を合わせ、丁寧に頭を下げた。

（ラーナシュには婚約者がいたのね……！　司祭だから結婚をしないと思っていたわ）

国ごとに常識というものは変わる。莉杏が考えている司祭と、叉羅国の司祭は違うものだったようだ。

「ダナシュは赤奏語を話せないから、俺を通しての会話になる。面倒だがよろしく頼む」

ラーナシュが申し訳ないという顔になったので、莉杏は首を横に振った。

「それならダナシュ用の通訳を用意しましょうか？」

「いや、大丈夫だ。マレムとヤビドラが赤奏語を話せるし、俺がいないときはどちらかを必ずダナシュにつけておく」

ラーナシュは合流した従者の中で、一番の年長者の男性を見る。

「マレムだ。俺の従者を取りまとめている」

マレムと呼ばれた四十歳ぐらいの男性が、莉杏に頭を下げた。

「ヤビドラだ。従者の中では一番若い」

一番うしろにいた青年が一歩前に出てきて頭を下げる。

マレムとヤビドラ、と莉杏は頭の中で名前を繰り返した。

「わたくしは皇后の莉杏です。こちらは皇太子の明煌。こうして旅の途中で出会えたのもなにかの縁です。ラーナシュの身体が治るまでゆっくりしていってくださいね」

ダナシュや従者たちの顔を見ながら、莉杏は赤奏語で挨拶をする。

ラーナシュが莉杏の言葉を叉羅語に直し、ダナシュに伝えていた。

「ダナシュが『ありがとう』と言っている」

莉杏は、にっこり笑っているダナシュにほっとし、客人のもてなし方の手順を必死に思い出した。

（女性のお客さまがいらっしゃって、その方の身分が高かったときは……）

ダナシュはヴァルマ家の当主であるラーナシュの婚約者だ。妃に準ずるような身分なので、莉杏が積極的におもてなしをすべきだろう。

「ダナシュには後宮の部屋を用意しましょうか？」

後宮には妃に仕える女官と宮女がいる。礼部の文官よりも上手く女性の世話をしてくれるはずだ。

　ラーナシュはダナシュに莉杏の提案を説明し、それから二人であれこれと小声で話したあと、「大丈夫だ」と断ってきた。

「実はな、ヴァルマ家が信仰している夫婦神のアルディティナ神とノルカウス神はとても仲がいいのだが、それゆえに嫉妬深いところもある神々なんだ。俺たちは神々の嫉妬を買わないように、できるだけ早くに結婚の約束をするし、未婚の者へ近よらないようにする。後宮で働く者たちは未婚の女ばかりだろう？」

　茘枝城内には未婚の者も既婚の者もいるが、後宮は完全に未婚の女性しかいない。たしかにそれは神の教えに反するような形になってしまう。

「いつもそこまで気にしているわけではないが、結婚が近いし、ダナシュは神々から祝福される結婚にしたくて色々気になるのだろう」

　莉杏は『結婚』という言葉にどきっとした。誰だって最高の結婚をしたい。そのための努力はいくらでもするし、細かいことにも不安を感じてしまう。

（わたくしがダナシュを全力で支えないと……！）

花嫁が楽しく滞在できるように配慮すべきだ。まずは……。

「結婚している文官をダナシュの世話役にするよう伝えておきますね」

「よろしく頼む」

今の莉杏にできることはこれだけだ。あとで礼部の文官に叉羅国の結婚や花嫁について教えてもらおう。

「明煌、皆さんのことをお願いしますね。わたくしは礼部尚書と話をしてきます」

「わかりました」

いざとなれば筆談ができる明煌を残し、礼部尚書の仕事部屋に向かう。

折角だからダナシュとも仲よくなりたい。これからのおもてなしのことを考えると、わくわくしてきた。

莉杏はダナシュに後宮を案内したり、茘枝城の庭を歩いたり、城下町へ買い物に出かけたりした。

ダナシュと仲よくなりたくてたくさん話しかけてみているのだけれど、通訳をしてくれるヤビラを通しての会話だと、ダナシュがどんなことを考えているのかわかりにくい。

（そもそも、叉羅国の方々は、異国人があまり好きではないから……）

莉杏の視察についていきたいと言い出すラーナシュは、特殊な例なのだ。それでもダナシュが莉杏へ素っ気ない態度を取らないのは、皇后という身分への気遣いだろう。

（外交はとても難しい）

これが個人としてのつきあいならば、あまり関わらないようにすることを選んだかもしれない。しかし、互いに国というものを背負っている。できるだけ親しくなる努力をすべきだ。

がんばろうと気合を入れ直しながら夜の廊下を歩いていると、視界の端で影が動いた。

「……明煌？」

夜の庭で筵を広げている影がある。あの畑は明煌が世話をしていて、種を植えたばかりのはずだ。莉杏はどうしたのだろうかと近よった。

「なにかあったのですか？」

「雨が降りそうなので、種が流されないように筵を敷いておきたいんです」

畑には雨が必要だけれど、降りすぎても困る。人も植物も同じだ。

「手伝いますね」

「ありがとうございます。この灯りで私の手元を照らしてもらえますか？」

莉杏は灯りをもち、よく見えるようにと立ち位置を変える。明煌は筵を手際よく広げ、端に石を置き、風でめくれてしまわないようにした。

「助かりました。部屋までお送りします」

明煌は立ち上がり、手についた土を払う。

「随分と夜遅いですが……皇后陛下はもしかして叉羅国の客人のところに？」

「はい。明日の予定を確認していました」

ラーナシュやダナシュの相手は、莉杏と明煌が中心となってしている。

莉杏がいないときの二人の様子を知っている明煌は、少し迷ったあと、静かにくちを開いた。

「皇后陛下、ラーナシュ殿には充分に注意をしてください。あの方は叉羅国人でも我々にとても好意的で、気持ちのいい方です。ですが……」

ラーナシュは赤奏語を話せるけれど、難しい話になるとわからない単語もある。

明煌はラーナシュとの会話で困ったことになれば筆談に切り替え、互いに意味を確認し合っていた。

「あの方は迷いのない字を書きます。優しい人でも、なにかあったときは迷いなく大事なものも切り捨てる。そんな人物でしょう」

明煌は、文字から様々なことを読み取ることができる。その能力に助けてもらったこともある莉杏は、まさかと言うことができなかった。

（ラーナシュは味方であれば優しくて頼もしいけれど、敵に回せば恐ろしい人……）

皇后という立場が莉杏にあるように、ラーナシュにも叉羅国の司祭という立場がある。できればこのまま、仲よくすることが互いのためになる関係でありたい。

「それからダナシュ殿も……、随分とこう、いえ、どう表現したらいいのか」

明煌が言葉に困っているので、莉杏は首をかしげた。

「ダナシュから厳しいことを言われてしまったのですか？」

彼女はラーナシュと違い、普通の叉羅国人だ。神の教えをしっかり守り、異国人を苦手とし、未婚の人に近よることを恐れている。

莉杏には暁月という夫がいるけれど、明煌には婚約者も恋人もいない。それでダナシュが嫌がってしまったのだろうか……と心配すると、明煌が驚くことを言い出した。

「実は、ダナシュ殿からお礼の手紙を頂きました。手紙という形ならダナシュ殿も神の教えに背くことはないでしょうから、なにも考えずに受け取ってしまったんです」

なにかを考えながら礼状を受け取ることなんてあるのだろうか。

莉杏が不思議に思っていると、明煌は言葉を慎重に選んでいった。

「手紙の内容がやけに親しく……叉羅国人は異国人を好まないはずなのに、なぜか文面からかなりの好意や熱意を感じました」

「神の教えには背きたくないけれど、明煌の美しい筆跡に感動して、お手紙を送り合う仲になりたくなったのかもしれません！」

明煌の字は本当に素晴らしい。ダナシュが明煌の字を見て感激し、もっと見たいと願っても納得できてしまう。

これはとても素敵なことです、と莉杏が眼を輝かせていれば、明煌の眉が下がった。

「そうであれば嬉しいです。字を気に入ってくださったのならば光栄な……」

ふと明煌が話の途中で言葉を止め、左側を向いた。

莉杏も連れられて同じ方向を見るけれど、暗闇が広がっているだけだ。

「明煌？」

「女性の声が聞こえました」

茘枝城には女性の文官も武官もいる。しかし、明煌の反応からすると、ただ声が聞こえただけではなかったようだ。

（明煌の耳はとてもいいのね。ええっと……）

莉杏も耳を澄ませてみる。すると、女性文官や女性武官特有のはきはきとしている声ではなく、柔らかさのある声が聞こえてきた。

（ということは……誰⁉）

茘枝城には、女性文官や女性武官以外の女性がいることもある。しかし、こんな夜遅くまで、それも庭にいることはほとんどない。

　莉杏が驚いていると、明煌が人差し指を立て、静かにと合図をする。

「……確認してきます」

「わたくしも行きます。もし女官や宮女がこっそり後宮を抜け出しているのなら、わたくしが注意をしなければなりませんから」

　莉杏は明煌と共に、足音を立てないように歩いた。

（官吏の奥さまがいらっしゃって、夫の仕事が終わるのを庭で待っているだけならいいけれど……）

　声が聞こえてきた方へ向かってみたけれど、すぐに聞こえなくなってしまった。ここで少し待ってみようと思った莉杏は、明煌の袖を引く。

「たしかこの先は……」

　莉杏が小さな声で呟けば、明煌はそっと身をかがめた。

「なにかあるんですか？」

「『恋逢瀬橋』という名前の赤い橋があるのです。その橋を二人で渡れば恋が実るのです」

　莉杏の説明を聞いた明煌は、庭を流れる川にかけられた赤い橋を思い浮かべる。

「そんな名前だったんですね。……なにか逸話でもあるんですか？」

「はい。最近わたくしが考えました」

莉杏は胸を張り、どんな物語なのかを語る。

「少し前、わたくしと陛下の恋物語をつくることになったのですが、わたくしたちは出逢ってから一年も経っていないので、お話が盛り上がらなかったのです」

「ああ……。なるほど」

莉杏が皇后になれたのは、暁月にとって都合のいい相手だったからである。

それをそのまま書いてしまうと、出会いから結婚までが三行で終わってしまう。

「恋物語を書いてくださる方から、幼いころにわたくしと陛下が茘枝城で出逢っていたことにしましょうと言われて、それらしい話をつくったのです。『茘枝城には恋逢瀬橋という恋を実らせる橋があって、そこで陛下とすれ違って運命を感じた』ということにしたのです！」

完成した皇帝夫妻の恋物語は、とても素晴らしかった。この話を読んだ恋する少女は胸をときめかせているだろう。

「ダナシュにも恋逢瀬橋の話を教えたのです。ラーナシュと渡ってくださいと……」

そのとき、再び女性の声が聞こえた。

莉杏と明煌は慌ててくちを閉じ、その声がどこから聞こえたのかを探る。

（恋逢瀬橋……？）

もしも後宮の女官や宮女がこっそり抜け出して、秘密の恋人と会っているのなら、庭の奥まったところにある恋逢瀬橋はいかにもな場所だ。

莉杏が恋逢瀬橋を指差せば、明煌も頷いた。

静かに移動していけば、恋逢瀬橋に人影が見える。男と女が一人ずついるようだ。

「……、ラーナシュ……」

小さな声だけれど、女性がラーナシュという名前をくちにした。

そして、名前のところしか聞き取れなかった。なぜなら、他の部分がすべて異国の言葉だったからだ。

(この声、ダナシュだわ！)

明煌も橋の上の女性がダナシュだと気づいたのだろう。侵入者、もしくは抜け出した女官や宮女ではなかったことにほっとしていた。

(ダナシュと一緒にいるのはきっとラーナシュだわ)

恋逢瀬橋で恋人同士が愛を語らっている。

新たな逸話をつくり出した莉杏にとって、これほど嬉しいことはない。

「明煌、ダナシュが誰と話しているのかを確認しておきましょう」

「そうですね」

夜空が曇っていて月明かりが届かないから、ダナシュと一緒にいる男がラーナシュなのか、ここからではわからない。もう少し近よる必要がある。

る。姿を隠しつつダナシュたちに近づいていくと、ダナシュの陰に隠れている男の輪郭がはっきりしてきた。

荔枝城の荔枝の木の世話をしている莉杏と明煌は、庭になにがあるのかをわかってい

（あれは……ラーナシュではなくヤビドラ？）

二人は顔を近づけてなにかを話している。

そのとき、ふいにダナシュが動いた。莉杏は、自分たちが見つかったのかと思ってどきっとしたけれど、ダナシュはヤビドラに抱きついただけだ。

（……抱きついた？）

そしてヤビドラは、ダナシュに応えるようにして抱きしめ返し、顔が近づき……。

莉杏は、これからなにが起こるのかを察した。

それは明煌も同じだったらしく、息を呑むような音が聞こえたあと、莉杏の視界が急に真っ暗になる。明煌の手のひらによって莉杏の眼が覆われたのだ。

（これは……本物の逢い引きだわ……！）

莉杏は胸をときめかせた。ダナシュとヤビドラによって、恋逢瀬橋がついに莉杏の望み通りに正しく利用されたのだ。

「こ、皇后陛下、ゆっくり後ろを向きましょう」

明煌に言われた通り、莉杏は音を立てないように身体の向きを変える。

　眼を覆う明煌の手がそっと外れたあと、振り返ってはいけませんという言葉と共に手を握られ、ひっぱられた。そのまま黙って廊下まで戻れば、明煌が大きなため息をつく。

　莉杏はというと、先ほどの光景を思い浮かべ、うっとりしていた。

「茘枝城で情熱的な恋人たちが見られるなんて……！」

しかし、言葉にしたあと、はっとする。なにかがおかしいとようやく気づいた。

「恋人⁉」

ダナシュはラーナシュの婚約者だ。ラーナシュからそう説明されたし、ダナシュも訂正しなかった。

けれども、先ほどのダナシュとヤビドラは恋人同士にしか見えない。

「これは……、不倫です‼」

莉杏は大変なものを見てしまったと慌てる。

「明煌、どうしましょう……！　ええっと！」

不倫はいけないことだ。しかし、愛というのは尊くて素晴らしいものである。障害があっても二人で乗り越えてほしい。

（ラーナシュには婚約者と幸せになってほしいし、でもダナシュが本当にヤビドラを愛しているのなら応援してあげたいし……！）

　どちらも大事だという二つの気持ちがぶつかり合い、莉杏の頭の中が混乱してしまう。

「……皇后陛下、ダナシュ殿から手紙を頂いた話をしましたよね」

　明煌が疲れた声で喋り出す。

「あ、はい！」

「ダナシュ殿の手紙には、先ほどの橋を二人で見に行きませんかと書いてあったんです。貴方のことをもっと知りたいとも」

「ええっ⁉」

　ダナシュは恋逢瀬橋の話を莉杏から聞いている。二人で見に行きませんかと誘うということは、貴方と結ばれたいという意味になるとわかっているはずだ。

「まさか、ダナシュの手紙から感じられた好意と熱意はそういう……⁉」

「婚約者がいらっしゃるのに、随分と気の多い女性だと呆れました。勿論、断りの手紙を書きました。……あの手の女性にはもう関わりたくなかったんですが」

　明煌はなぜか遠いところを見ている。きっと過去に色々あったのだろう。

「私は恋逢瀬橋での二人を見なかったことにします……」

　明煌の声が気の毒なほどか細い。

　莉杏は元気を出してくださいと力いっぱい明煌を励ました。

莉杏が急いで皇帝の私室に戻ると、そこには暁月と海成がいた。仕事の邪魔をしてはいけないので、莉杏は開きかけたくちを慌てて閉じる。

「俺の用事はもう終わっていますので、これで失礼しますね」

莉杏に気づいた海成はすぐに頭を下げ、暁月の玉璽が捺されている書類を抱えた。

莉杏は海成に気を遣わせてしまったのかもしれないと思いつつも、先ほどの事件があまりにも衝撃的だったので、勢いのまま喋り出す。

「ダナシュとヤビドラが不倫をしていたのです！」

海成は扉に手をかけようとしていたところだったけれど、つい手を止めてしまった。

暁月はというと、どうでもよさそうな顔であくびをする。

「へぇ〜」

「陛下はどきどきしないのですか⁉」

「おれは不倫にときめく趣味はねぇよ」

「嫌などきどきの方です！」

「『へぇ～』としか思わない」

莉杏が驚けば、暁月はため息をついた。

「あんたさぁ、『古今東西、皇帝陛下が女の争いに関わると大変なことになると決まっている』って言ってただろ。それと同じで『恋愛の揉めごとに巻きこまれたら絶対にろくでもないことになる』ということも覚えておけ」

「はいっ！　……でも陛下、ラーナシュたちがどうなってしまうのか気になります」

この三角関係は、上手くまとまるのだろうか。

物語とは違い、最後の頁をこっそり先に確認することはできないのだ。

「ラーナシュは素敵な方です。……でも、恋とは難しいものなのですね」

「素敵な方ねぇ」

「陛下はそう思いませんか？」

ラーナシュは通訳なしで莉杏たちと話せるし、異国についての知識が豊富だし、常に明るく、楽しい人だ。遠くからラーナシュを見た後宮の女官は「格好いい方ですね」と言っていた。

「あんたさぁ、ラーナシュってどんな物語の主人公だと思う？」

暁月に質問された莉杏は、『ラーナシュの物語』を考えてみた。

きっと物語の始まりは事件だ。異国で旅をしていて、異国人だからという理由で捕まって、生贄にされそうになったけれど、勇気と知恵で切り抜ける。橋が落ちるという危機も乗り越え、はぐれた仲間を見つけ出して旅を再開する……。

「冒険ものの主人公です！」

ラーナシュには、いい方のどきどきを楽しめる物語がぴったりだ。

莉杏が眼を輝かせれば、暁月はやる気なく頷いた。

「そう。あいつは恋愛小説の主人公じゃないんだよねぇ。恋の相手としてはつまらなさそうな男。それが答えだろ」

暁月によるラーナシュの恋愛的な評価はあまりにもひどい。

莉杏はラーナシュをつい庇ってあげたくなってしまう。

「うう～……、わたくしが陛下へ恋をする前にラーナシュと出逢っていたら……！」

「出逢っていたら？」

暁月に出逢う前の、後宮の妃になることに憧れていた自分。

莉杏はあのころの気持ちでラーナシュを見ようとし……断念した。

「陛下に恋をしていないころの気持ちに戻るのは無理です！　陛下が好きすぎてわからなくなってしまいました……！」

暁月に恋をしたことで、莉杏の心はすっかり変わってしまった。

好きという気持ちで胸がいっぱいになり、好きな人の顔を見るたびにどきどきして、いないとそわそわして寂しくなって、想うと幸せになれる。

きっとダナシュもヤビドラに対してそんな気持ちになっているのだ。

「はいはい。あんたは不倫に気づかなかったふりをして、決着がついたら『大変だったな』ってラーナシュを慰めてやればいいんだよ」

「ラーナシュがダナシュと結ばれる未来だってまだあります！」

今から決めつけるのはよくないと莉杏は訴える。

暁月は、この話が最初に戻りそうな気配を察し、強引に話題を変えた。

「それよりさぁ、あんた、草案が完成したとか言ってなかったっけ？」

「あっ！」

莉杏は今夜、暁月に『新しい供物と行事』の案を見てもらうことになっていた。慌てて棚にしまっておいた草案を取り出し、暁月に渡す。

「これです！」

河川の近くに住む女官たちから話を聞き、祭りを元にして考えてみた。

いつも祭りのときにしているようなことなら、地域の人に負担をかけることもなく、明日やってみようになるはずだ。

「果実を供物にして、楽を捧げる……か」

龍水河が増水するのは、春の終わりから初夏にかけて、そして大きな嵐がくることもある秋だ。この国は元々温暖で、果実がよく採れるので、よほどのことがない限り供物を用意できるだろう。

「供物の内容はこれでいい」

暁月の言葉に莉杏は喜ぶ。まずは第一関門を突破した。

「国が主導する行事にするつもりか？」

「はい。定着するまではわたくしの名前を使って行うつもりです」

代々伝わっている龍水河を鎮めるための行事が、各地にあるはずだ。

強制力のないお願いだと、伝わっている行事を続ければいいかと判断されるかもしれない。

（どうしても最初だけは強制しないと……）

元々の行事があるのなら、新しい行事と同時に行うだとか、既にある方を廃止するだとか、ゆるやかに合流できるのならそれが一番だ。

「ふぅん。皇后が関わる儀式にすると、周りが気を遣って勝手に派手にしていくぞ。いくらなんでもこれだけではみっともないってな」

暁月の指摘に、そこまで考えていなかった莉杏は言葉に詰まる。

皇后になって、着るものも食べるものも信じられないぐらい豪華になった。

この国には金がない、と暁月がよく言うので、皇后の衣装をもっと質素にしてもいいのではないかと提案したこともある。しかし暁月は、「金をかけるべきところにきちんとかけておかないと、それ相応の扱いをされる」と首を横に振った。

（皇后が関わる儀式ならお金をかけるべきところだ、と皆が思ってしまうかも……！）

その場合、莉杏がそこまでしなくていいと声をかけても、その通りにしない可能性は充分にある。

「ええっと、では州が主導する行事にして……」

権威がなさすぎても強制力がなくなる。

このぐらいだろうかと莉杏が修正すると、暁月はにやにやしていた。

「阿呆な州牧は、楽人を用意してやるから金を出せと平民に言い出す」

「そんな……！」

だったら地域の人に行事の内容だけを伝えて……、と考えたところではっとする。

地域の人に任せた結果が『今』だ。人という生贄を捧げようとしたり、果実やうさぎを捧げようとしたり、色々なやり方が存在している。

（強制力があって、でも州に任せすぎてもいけない）

莉杏はこの国の政の制度を参考にし、分業制というものを導入してみた。

「州に任せて、監査もします！」

これでどうだと意気ごめば、暁月は鼻で笑った。

「あんたが生きている間はそれでいい。でもあんたが死んだら、派手になっていくか、そもそもやらなくなるかのどっちかだ。本当にやりたかったことは残らない」

暁月は莉杏の草案をまとめて手に取り、屑籠へ無造作に捨ててしまう。

——つまりは、出直せということだ。

（わたくしがいなくなっても、大事なものが残っていく形……）

新しいことを考え、それを実行することは、とても難しい。

莉杏がうんうんうなっていると、暁月は楽しそうに笑った。

「誰がやってどう残していくのかをもう一度しっかり考えてみろ」

「はいっ！」

今回は駄目だったけれど、次こそは。

莉杏はやる気に満ちた返事をした。


暁月が莉杏に着替えろと言えば、莉杏はもうこんな時間だと慌てる。

ここから先は皇帝と皇后ではなく、夫婦の時間だ。

――その前に、と暁月は呆れた顔を扉に向けた。

「盗み聞きにしては堂々としすぎだろ」

莉杏の不倫発言によってうっかり足を止めてしまった海成は、不倫事件の詳細を聞き終わったあと、莉杏と暁月の会話が一区切りするのを待っていた。

莉杏はすっかり頭から海成の存在が抜け落ちていたけれど、暁月は視界の端でへらへらしていた海成のことがずっと気になっていたのだ。

「申し訳ありません。俺は性格が悪いので、人の不幸の話が楽しくて、ついうっかり」

「あっそ。……あいつら、異国にきてまで不倫なんてよくやるよなぁ」

叉羅国人は異国人を好まないと言われている。

それなのに、あちこちの国に遊学していた好奇心旺盛なラーナシュ。

一般的な叉羅国人であるダナシュ。

この二人の相性は明らかに悪い、と暁月は思っていた。

今回の旅も、ダナシュは嫌々ついてきたのだろう。彼女は茘枝城から積極的に出かけたがる様子はなく、常につまらなさそうにしている。

「刺激を求めての不倫でしょうねぇ。ぜひともここで真実が明らかになってほしいです」

「あんたも莉杏と同類か。おれはこの国から出て行ったあとにしてほしいね」

暁月としては、どうせならラーナシュの旅の目的地である白楼国でこの不倫が発覚してほしい。その仲裁を珀陽がするという展開になってくれたら最高だ。

「ええ、そうです。俺は皇后陛下と同類なんですよ。ですから、お仲間である皇后陛下にもう少し助言をしてもいいのに、と皇帝陛下に対して思うわけです」

海成が「文句ばっかり」と肩をすくめる。

「はぁ？　おれの仕事はあんたたちの提案を聞いて、文句をつけと、『採用』『却下』を言うことだよ。なんでおれがあいつの代わりに考えてやらないといけないわけ？」

暁月は呆れ声で反論し、ついでに反撃した。

「あんたが莉杏に『いい案』ってやつを教えてやれよ。ここで堂々と盗み聞きできる余裕があるぐらい暇そうだし？」

海成は暁月の嫌みったらしい挑発に、さらりと乗ってくれる。

「解決策ならありますよ。皇帝命令を使って、生贄の儀式をしている集落の人たちをまとめてよそへ引越しさせたらいいんです。あんな危険な場所に住んでいる方が間違っています」

故郷を奪えという提案をしてきた海成に、暁月は心の中で「うわ……」と呟く。

一番楽で一番効果的な策だろうけれど、あまりにも心がない。

「あんたって性格が悪いよなぁ」

「陛下に比べればまだまだです。それでは失礼しますね」

海成は暁月と性格の悪さを比べるような会話になる前に、さっと部屋を出ていった。


翌日、莉杏は暁月に指摘された部分を改めて考える。

派手になりすぎず、そして受け継がれていくものとはなんだろうか。

「やっぱりお祭り……かしら」

元々、莉杏は祭りを新しい供物や行事の参考にしていた。これからを任せる相手とやり方を意識して、もう一度祭りを参考にしてみよう。

自分だけでは参考にできる祭りがあまりにも少ないので、まずは女官たちに話を聞いてみる。

「地元のお祭り……ですか。一番目に大きいのは新年のお祝いで、二番目に大きいのは収穫祭ですね。月を見ながらみんなで月餅を食べましたよ」

女官は、こんなに大きい月餅を切り分けるんです、と両手で丸をつくった。

「誰が収穫祭をとりまとめていたのですか？」

「おそらく街で一番大きな家だったと思うのですが……」

女官たちに収穫祭の責任者は誰なのかと問うと、州都に住んでいた者は州庁舎の人たちだと答え、他の都市出身の者はもち回りだったとか、組合のようなものがあったとか、色々な答えをくちにした。

「お祭りは楽しいですからね。みんなが協力しました」

女官の一人が、笑顔で故郷の祭りを懐かしむ。

莉杏も首都の祭りを思い返してみた。

（お祖父さまとお祖母さまと一緒に行ったお祭り、とても楽しかったわ。……ずっと続いていってほしい）

命令されなくても、皆が大事にしたいと思うもの。それが祭りだ。

「新しい行事という形にしない方がいいのかしら……？」

地元の祭りにつけ加える方がいいかもしれない。いや、それでは洪水への不安を感じたときの対応策にはならないだろう。不安になったときだけの行事の方が安心感を得られるはずだ。

（……難しいわ）

やりたいことがはっきりしているのに、莉杏の知識と経験では上手く形にならない。

なにか参考にできる他のものはないだろうかと悩んでいると、女官が部屋に入ってきた。

「皇后陛下、失礼します。碧玲さまがいらっしゃっています」

「ここに通して」

翠碧玲は女性武官で、よく莉杏の護衛についてくれている人だ。

碧玲ならひと声かけてそのまま部屋に入ってきてもいいのだけれど、本人から「親しくしているのと慣れ慣れしいのは違います」と叱られてしまった。その二つの境界線をどうすべきかは、未だに迷うこともある。

「皇后陛下、皇太子殿下からの伝言です。叉羅国の客人が大事なものを茘枝城内で落としたらしく、念のために後宮内も探してほしい、とおっしゃっていました」

それは大変！　と莉杏の意識が調べものから落としもの探しに切り替わる。

「後宮内もということは、ダナシュの落としものなのかしら。どんなものを落としたのかと、いつ落としたのかを聞いていますか？」

「このぐらいの大きさの青い布袋に入っているものだそうです。とても大事なもので、中身を具体的に言うことはできないらしく、昨日の夕方まではもっていたという話でした」

碧玲は、手のひらの上にぎりぎり乗るぐらいの大きさだと指で示した。

「わかりました。女官たちに探すよう言っておきます。今からもう一度ダナシュたちに詳しい話を聞いてみますね」

莉杏は女官長に事情を伝え、後宮内でもち主がわからない青い布袋、もしくは布袋に入りそうなものが落ちていないかの確認を頼む。

それから碧玲と共に後宮を出て、一人でダナシュのところへ向かった。

「あら？　明煌？」

なぜかラーナシュの部屋の前で明煌がぽつんと立っている。

莉杏が駆けよると、明煌は拱手をして丁寧に頭を下げた。

「わたくしは落としものについての話を聞きにきたのですが、なにかありましたか？」

「落としたものがとても大事なものだったらしく、身内だけで話し合いたいと言われてしまいました」

大事なものとは、思い入れのあるものか、代々伝わってきた貴重で古いものなのか、それとも高価なものなのか。

どれなのかはわからないけれど、中身を言えないということは、中身を見られたくないのだろう。

探している皆へ「中身の確認はラーナシュたちがするので見ないように」と言っておいた方がよさそうだ。

「気になるところがあるんです」

明煌は少し身をかがめ、莉杏の耳元に囁く。

「ダナシュ殿は、昨日の夕方に散歩をして、そのときに落としたかもしれないと言っていました。しかし、ダナシュ殿の部屋を警護していた武官によると、ダナシュ殿の散歩の時間は夜遅くだったそうです」

「夕方に落としたというダナシュの発言は、勘違いか嘘になりますね」

莉杏はちらりとダナシュの部屋の扉を見てみた。

「双秋は『もしかして、俺たちの誰かが盗んだとか言い出すかもしれませんよ』と心配していました」

明煌の言葉に莉杏は驚いてしまう。

ありえないと言いきれるほど、莉杏はダナシュやラーナシュと親しいわけではない。

本当に大事なものを落としたのか、意図があってわざと落としたのか。

そもそもそこから考えなくてはならないようだ。

「昨日のダナシュ殿は、午前中は皇后陛下と出かけて、午後はラーナシュ殿の傍にいたようです。夕方ころに自分の部屋に戻り、夜になってから……」

明煌は気まずそうに言葉を止める。

莉杏は大丈夫だと頷いた。ダナシュが夜にこっそりヤビドラと不倫をしていたことは言わなくても伝わる。

「わたくしはもう一度ダナシュから詳しい話を聞いてみますね」

本当に不注意で大事なものを落としたのか、まずはそこからだ。

明煌が莉杏に黙って頷いたとき、扉が開いた。

「皇后殿！　今呼びに行ってもらうつもりだった！」

ラーナシュは莉杏を見つけた瞬間、ぱっと笑う。

莉杏はラーナシュに「ご機嫌よう」と挨拶をし、部屋に入った。

ダナシュは顔色を悪くしたまま椅子に座っている。莉杏への挨拶を忘れてしまうほど動揺しているようだ。

「大事なものを落としてしまったと聞きました。このぐらいの大きさの青い布袋に入っているのですよね？　今、女官たちに後宮内を探してもらっています」

莉杏は、ある程度の事情は聞いてもう動いていることを先に告げる。

「助かった、感謝する。ダナシュは昨日の夕方まであったと言っているが、落としたことに気づいていない可能性もあるだろう」

「はい。昨日の午前中、わたくしとダナシュは馬車で城下町を見に行っていたので、馬車の中や、城下町も探すように言っておきます」

莉杏は落としもの探しに全力を尽くすことを約束する。

ほっとした様子を見せたラーナシュに、莉杏も安心した。

（落としものではない可能性も考えていたけれど、大丈夫みたい）

そして、こちらが思っている以上に大事なものを落としてしまったようだ。

「もしかすると、中身だけもち去ってしまった人がいるかもしれません。どんなものが入っていたのか教えてもらえますか？」

茘枝城内で落としていたとしても、そのままの状態で出てくるとは限らない。

中身が高価に見えるものだったら、青い布袋はどこかに捨てられ、中身だけ売られてしまうこともあるだろう。

たしか、皇后の冠がもう一つ出てきたという事件のときに、暁月は質屋に連絡をしていた。今回も念のために急いで質屋へ連絡した方がいい。

「……中に入っていたのはヴァルマ家の家宝だ」

「はい」

「硬くて、滑らかだ」

「硬くて滑らか……」

やはりヴァルマ家に代々伝わる宝飾品なのだろうか。滑らかという言葉からすると、細かい飾りがついたものではなさそうだ。

「宝飾品ですか？」

ラーナシュはどこまで話すべきかを迷っているらしい。

しばらく考えたあと、ぽつりと呟いた。

「ただの……石だ。しかし、ヴァルマ家にとってはとても大事な石だ」

莉杏は手のひらから少しはみ出るぐらいの大きさの石を想像してみた。

中身だけ落ちていたら、多分、大事なものだと誰も気づけない。

「石ですか……。それなら袋を見つけても動かさず、ラーナシュを呼んで周りも確認してもらった方がよさそうですね」

「そうしてくれ！」

ラーナシュが必死の表情で莉杏の手を握る。

莉杏はお任せくださいと微笑んだ。

「よし！　今から俺たちもこの城を歩き回ってくる！」

「ええ⁉　お医者さまの言うことをきちんと聞いた方が……！」

「医者は散歩ならもういいと言った。こんなときにじっとしていられない！」

莉杏も、暁月からもらった大事なものを落としたら、絶対に部屋でじっとしていられない。ラーナシュの気持ちは痛いほどわかってしまった。

「それなら、絶対に従者の方々と行動してください。念のために、武官も連れていってくださいね」

従者はラーナシュに逆らえないだろうけれど、武官は違う。ラーナシュがあまりにも無茶なことをしたら、やんわり止めてくれるだろう。

（落としたものは石……。ただの石なら売られることはなさそうだけれど、袋だけが風で飛ばされていたら、見つけるのは不可能よね……？）

廊下にぽつんと石が落ちていたらわかりやすいのに……と考えたあと、莉杏は冷や汗をかいた。廊下に石が落ちていたら、すぐに庭へ投げられてしまうだろう。

　茘枝城が騒がしい。皆が地面を見て、青い布袋を探している。

　莉杏はダナシュが歩いていた廊下や道を紙に記し、重点的に見てもらった。

「みんなで探しているのに、まだ見つからないなんて……」

　莉杏は皇帝の私室の窓から夜の庭を眺める。普段は人が行き来しない静かな庭なのに、今日は落としもの探しの官吏たちがうろうろしていた。

「あいつら、ろくなことしないよなぁ。不倫の次は落としものかよ」

　莉杏なりに窓から庭を隅々まで見ていると、暁月が部屋に入ってきた。

「陛下！」

　暁月は莉杏の横に立ち、同じように窓から庭を眺める。

「石を落としたって言われてもねぇ。もう諦めろって」

　絶対に見つからないと暁月は断言する。

　莉杏も無理だろうという予感はしているけれど、ラーナシュやダナシュの様子を見ているとそんなことは言えなかった。

「せめて場所をもう少し特定できていたらいいんだけどさ」

なにか手がかりはないのかとラーナシュたちへ文句をつけている暁月に、莉杏はそういえば……とくちを開く。

「……あの、落としものに関係があるかどうかはわかりませんが、明煌から気になることを言われました。ダナシュは外出していないはずの『夕方』に石を落としたと証言したそうです。大事なものを落としたことに動揺して、記憶が曖昧になっているのかもしれません」

暁月はすぐになるほどねと呆れ声を出した。

「落としたのは夜だな。不倫のことを秘密にしたいんだろ」

「あっ！」

そうか、と莉杏は眼を見開く。

（夜に大事なものを落としたと言ったら、ラーナシュにどこでなにをしていたのかと疑われてしまう……！）

ダナシュは武官に見張られていることを知らなかった。だから夕方に出歩いたという明らかな嘘をついてしまったのだ。

「きっとダナシュは茘枝城内で落としたことをわかっていたのですね。茘枝城内を探してほしかったから、わたくしと出かけたときに落としたとは言えなかった……」

莉杏はダナシュの部屋から不倫現場までの道を思い返す。

「陛下！　恋逢瀬橋まで行ってみませんか⁉」

瞳をきらきら輝かせながら暁月を見上げれば、暁月がため息をついた。

「誰かに任せろ……って言いたいんだけどねぇ。不倫に気づかれて騒ぎになっても面倒だしな」

不倫は赤奏国の外でやってくれ派の暁月は、莉杏の提案にしかたなく賛成する。

二人で灯りをもって外に出て、ダナシュの部屋から恋逢瀬橋まで足下を見ながら歩いた。

「夜にこっそり恋逢瀬橋まで行くなんて、いけないことをしているみたいでどきどきします！」

「おれたちは夫婦なんだから、これはただの散歩だろ」

興奮する莉杏とは違い、暁月は冷静に事実を述べる。

「普通のやつなら不倫をするとき、人目につかない道を選ぶ。明日は庭を重点的に捜索させておけ」

ひんやりとした夜の庭を横切ると、川が見えてくる。

「あの橋か。特にそれらしいものはなかったな」

暁月と莉杏は共に恋逢瀬橋を渡ってみた。しかし、そこにも石は落ちていない。

「石を落とせば落ちた音で気づく。よほど盛り上がっていたようでなによりだぜ」

「ですが、草むらで落としたのなら……」

莉杏は視線を川の端に向ける。そこには雨で濡れた柔らかそうな土と、土を覆っている草があった。

「あの辺りで落として、そのあとに別の誰かが蹴飛ばせば……」

莉杏の指が、草むらとその先にある川を指す。

「川に落ちてしまいます……よね」

草むらで硬いものを蹴って、なにかが川にぽちゃんと落ちても、石を蹴ったんだなと思って終わってしまう。そして記憶にも残らない。

「うっわ、川の水なんか絶対に抜きたくない。面倒すぎる！」

なかったことにしようと暁月が言ったとき、どこからか足音が聞こえてきた。

暁月はすぐに莉杏を自分のうしろに隠し、灯りをもち上げて誰なのかを確認する。

「おい！　……なんだ、海成か」

現れたのは海成だ。ゆっくりとこちらに向かって歩いていた。

「ここにいらっしゃったんですね。落としものは見つかりましたか？」

海成はダナシュの落としものの話を知っていたらしい。

莉杏が「まだ見つかっていない」と答えたら、残念だと笑った。

「個人的には不倫現場に落としてほしかったんですよね。面白いことになってくれそうなので。……で、その落としものなんですが、ヴァルマ家の資料をすべて確認しても『大事な石』はどこにも記されていませんでした」

「へぇ。ただの石じゃない可能性が出てきたのか」

　暁月もまた楽しそうに笑う。

　莉杏がどういうことなのかわからずに首をかしげていると、海成が説明してくれた。

「陛下に頼まれて落としものの石について調べていたんですよ。ヴァルマ家の家宝の石なら、どこかになにかしらの記述があるだろうって」

　書庫にとても詳しい海成が調べてみても、大事な石の正体がわからなかった。

　それが意味することは……。

「なにか隠しているな、あいつら」

　青い布袋の中に、ただの石が入っているわけではない。

　莉杏は「そうなのか」で終わりそうになったけれど、暁月は違った。

「堂々と中身が明かせないのなら、中身とその理由を手に入れて、あいつらの弱みを握ってやろうじゃないか」

　海成は暁月の表情を見て、やれやれと言いたそうな顔になる。

「完全に悪役の台詞(せりふ)ですよ、それ」

「あら？　陛下は悪役でも格好いいです！」

　莉杏がすぐに反応したら、海成はふっと笑って夜空を見上げた。

「……勝ち組っていいですねぇ」

そして「柄杓星は見えるかな」と、なぜか突然星を探し始める。

現実から逃げている海成の横で、暁月はにやりとくちの端を上げた。

「明日は川の水を抜くぞ」

つい先ほど、面倒だから絶対に嫌だと言っていたはずの暁月は、見事に手のひらを返す。

しかし、暁月に恋をしている莉杏は、やる気満々になった暁月に呆れるのではなく、ときめいてしまった。

（陛下のためにわたくしもがんばらないと！）

ぎゅっと拳を握り、明日の捜索に向けての気合を入れる。

これからその準備を任されることになる海成は、視線を足下に戻し、ため息をついた。

五問目

茘枝城は、背山面水というものを意識してつくられている。

背山面水とは、背後に山、正面に水を配置することで、運気が上がるという考え方だ。

茘枝城は、実は北側が高くなっている。北側から運河の水を引き、城の周りには壕があり、城の中には川が通っていて、この川の水は南へ向かい、運河へ戻されていた。

――ダナシュが落とした布袋は蹴り飛ばされ、城の中の川に落ちたのかもしれない。

いつもの暁月なら「残念だったな」で話を終わらせるけれど、もしかするとラーナシュたちの弱みを握れるかもしれないということで、城内の川の水を抜くというとても面倒なことを楽しそうに命じた。

そして翌朝、川の周りに武官たちが集められる。

「陛下がこんなに親切なわけありませんって。なにか裏があるんでしょうねぇ」

暁月の性格をよく知っている双秋は、暁月の代わりに現場責任者となっている莉杏へ愚痴を零した。

「でも、ラーナシュさまにはご恩というものがありますので、石探しをがんばりますか」

双秋は、龍水河の視察の際に客人のラーナシュを橋の崩落に巻きこんだという責任を取り、謹慎処分になるところだった。しかし、ラーナシュの一言により、厳重注意ですんだのだ。

――ソウシュウの話が、武科挙試験に受かるかどうかのところだったんだ。合格したのかとても気になっている。ここでソウシュウがいなくなるのは困る。

暁月は「そこにいるんだから合格したに決まっているだろ。そんなこともわからないわけぇ？」と呆れていたけれど、ラーナシュの言葉が双秋を庇うためのものだったということを、絶対にわかっているだろう。

「あら？　これは茘枝城の図面ですか？」

双秋が手にしている大きな紙に、茘枝城が描かれている。

莉杏が興味を示せば、双秋はどうぞと見せてくれた。

「これは流出することを前提にしたもので、細かいところがあれこれ違うんですけれどね。正しい図面は、陛下が管理しています」

「わたくし、正しくない方だとしても、茘枝城の図面を見るのは初めてです！　後宮の池の水は、この川に繋がっていたのですね！」

新たな発見をした莉杏に、双秋はうんうんと頷いた。

「火事に備えて、後宮にも大量の水を用意しておかなければなりませんからね。運気をよくするためと言いつつも、川は火事対策の意味合いも強いんです。ほら、川の横に書庫があるでしょう？」

「わぁ……！」

莉杏は茘枝城を自分の庭のように思っていたけれど、まだまだ知らないことがたくさんあるようだ。

「茘枝城には、北東、北西、南東、南西に大きな水門があって、北西の水門を閉めてしまえば一時的に川の水が引くはずです。でもこれだと壕の水もなくなるから、城の中にあるこっちの水門だけを閉じるみたいですよ」

双秋が図面を指差し、莉杏に水門の位置を教えてくれる。

（龍水河の勉強も大事だけれど、同じぐらい茘枝城の勉強も大事だわ）

今の莉杏には足りないものばかりだ。しかし、一気に学ぶことは無理なので、水門を開けるといった貴重な機会があれば大切にしていこう。

「ゆっくり！　ゆっくり閉めろ！」

水門を完全に閉めるためには、準備が必要である。

夜明けと共に作業が開始され、武官たちはずっとあっちへこっちへと走り回り、ようやく水門が閉められた。

「北側から順に作業していくぞ！」

ゆるゆると水が引いていく川を、ラーナシュとその従者たちはじっと見つめていた。みんな、今までにない厳しい表情をしている。

川の底が見える程度に水位が下がると、武官たちも川底を眺め始めた。

「……青い布袋はなさそうだな」

「石ってどれのことだ？」

――青い布袋に入れておいた大事な石を落とした。大きさはこのぐらい。

武官たちはこれだけのことしか教えられていない。石ばかりの川底が見えてもどうすることもできず、ラーナシュの顔をちらちらと窺う。

「ここにはなさそうだ」

皆から注目されているラーナシュは、迷わず言いきって下流へ向かう。

武官たちは顔を見合わせながらもついていった。

莉杏も彼らと一緒に移動しながら、ラーナシュの横顔を観察する。

(陛下がおっしゃっていた通り、青い布袋の中身はただの石ではないみたい)

ただの石なら、川底の石に紛れこんでいないのかを気にする。しかし、ラーナシュはそうしなかった。明らかに石とは違うものを探している。

落としたものの正体について莉杏が考えていると、武官の一人がこちらに走ってきた。

「大変です！　下で逆流が！」

焦った様子で叫んだ武官に、双秋がいち早く反応した。

「壕に合わせて水位が上がったのか！」

莉杏には、二人の会話の意味がわからない。どういうことなのか瞬きをすると、難しい顔で川をじっと見ていたラーナシュが説明してくれた。

「水はどんなときも同じ高さになろうとする」

ラーナシュは左手よりも右手の位置を高くして、それから左手を上へ、右手を下へと動かし、同じ高さにした。

「完全に分かれている水路ならそれぞれの水位が違っても問題ないが、この城の外側の壕と城内の川は繋がっているみたいだからな」

莉杏は、城内に水を引くための水路がある方角に視線を向ける。

「水門を閉じたから別々の水路になったと思ったのですが……」

「おそらく、南側が繋がったままなのだろう。そこから勢いよく水が上がってきた。下の水門も早々に閉めておいた方がよかったな」

最初に壕の水位をある程度まで下げておく。

北側にある水門を閉め、壕から水が川へ入ってこないようにする。

しばらくしてから、川の南にある水門を閉めて逆流を防ぐ。

言われてみると、とても簡単な手順だ。しかし、茘枝城内に詳しい武官がなぜこんなうっかりをしてしまったのかというと……。

「雨での増水……！」

莉杏が叫べば、ラーナシュは曇った空を見た。

「だろうな。思っていたよりも壕の水位が高かったんだろう。堰き止めてから手作業で汲むとか、別のところに流すとか、この先のやり方は色々あるだろうが、治水も利水もやはり大変だ」

武官たちが慌ただしく動く中、ラーナシュの視線は再び川底へ向けられた。ゆっくり歩き、青い布袋が落ちていないかを確認していく。

「あっ！」

莉杏とラーナシュは、ほぼ同時に声を上げた。川底で青い布袋が揺らめいていたのだ。

「あれだ！　間違いない！」

ラーナシュが指を差せば、近くにいる武官が川に入る。手で青い布袋を掴み、ラーナシュに差し出した。

「っ、これだ！　中身もある！」

ラーナシュは濡れることを気にせず、青い布袋をそのまま受け取る。袋の中を覗いたあと、嬉しそうに叫んだ。

青い布袋からは細い紐が垂れていた。きっと紐が切れたときに地面へ落ちてしまったのだろう。

（ここは……）

すぐ近くに恋逢瀬橋がある。つまり、莉杏と暁月の想像は間違っていなかったのだ。

「見つかったぞ！　水門を開けろ！」

「開けるのは北側からだ！　水位が上がってから南を……！」

ラーナシュと従者たちがよかったと大喜びする横で、武官たちは後始末を始めた。

「水門は閉めるのも開けるのも大変なのね」

茘枝城という狭い範囲でも、水門の開け閉めの順番が一つ違うだけで水があふれ出す。これが大きくて荒々しい龍水河の水門だったら、あふれるの規模が違うはずだ。家や田畑、そしてそこで生きる人々をあっという間に呑みこんでしまう。

（茘枝城という範囲なら、川や壕の水位を手分けして見張ることができるし、手順を間違えてもどうにかできる。でも龍水河の範囲は広すぎる……）

見張ることができないから、そもそもあふれないように、そしてあふれても被害を食い止められるようにしているのだろう。

「皇后殿！　本当に助かった！」

ラーナシュは手を振り回し、自分の喜びの大きさを表現する。

「言葉だけでは足りない！　もしここが自分の国であったのなら、皇帝殿と皇后殿の名前を刻んだ石碑を建てることにしたぞ！　あとこの感動を表現した詩も刻みたい！」

莉杏は『石碑』という言葉を最近どこかで聞いたような……と記憶を探る。

（たしか陛下が、治水工事にお金を出してくれた人の名前を石碑に刻むことで、地域の人にもお金を出してもらおうとしていたわ）

石碑に名が刻まれたら、それを見た人から立派な人物だったと讃えられる。石碑がある限り、その人の功績は残るのだ。

（わたくしがいなくなっても残っていく形……）

なにかに刻む、と考えたところで、ラーナシュに肩をぽんと叩かれた。

「ダナシュにはよく気をつけるように言っておく。感謝する」

「いえいえ、見つかってよかったです。……あの、布袋はもち歩くよりもしまっておいた方がいいのではありませんか？」

従者が交代で部屋に残り、大事なものを部屋で管理していた方が安全だ。少なくとも『落とす』ということにはならない。

莉杏の提案に、ラーナシュは言葉に詰まった。

「ううん、いや、それがな、これは女が管理しなければならないものなのだ」

ラーナシュは赤奏語を話せるけれど、細かい表現はまだ勉強中だ。

莉杏は「あれ？」と思ったら、遠慮なく聞き返すようにしている。

「赤奏国には、皇后の冠という皇后の証があります。同じように、ヴァルマ家にも当主の妻の証のようなものがあるのですか？」

「……そうだ、うん、『妻の証』だ」

ラーナシュは笑い、そして濡れた青い布袋をもって走り出す。きっとダナシュのところへ向かうのだろう。

「う～ん……」

大事なものは、手のひらからはみ出るぐらいの大きさで、ただの石ではない。

そして、それはダナシュがもっていなければならないもの。

（ラーナシュは最初『女』と言ったわ。『妻』という言葉が出てこなかっただけなのか、それともあれは女性であれば誰でも管理できるものなのか、どちらなのかしら）

きっとこれからラーナシュとダナシュは中にある大事なものを取り出し、拭いて乾かすのだろう。しばらくしたら新しい布袋に入れて、今度はしっかりとした紐をつけるはずだ。

「……うん！」

中身を探る好機が訪れているのは間違いない。莉杏は急いで後宮に向かい、針仕事が得意な女官に声をかけた。

「ダナシュ、少しいいですか?」

莉杏(りあん)はダナシュの部屋に押しかけ、笑顔で話しかけた。

しかし、莉杏に話せる叉羅語(サーラご)は少なく、ダナシュは赤奏語(せきそうご)を学んだことがないので、まともな会話にはならない。

「贈りものがあるのです」

通訳がなくても、身振(みぶ)り手振(てぶ)りでなんとなく伝わるものだ。

それでも念のために明煌(めいこう)へお願いして、莉杏は言いたいことを紙に書いてもらった。これをダナシュに見せれば、こちらの訪問の意図を伝えることができる。

——新しい袋を用意しました。使ってください。

ダナシュが莉杏に渡された紙を読み終わって頷いたと同時に、莉杏は新しい布袋を取り出した。

滑(なめ)らかな生地でつくられた青い布袋のくちは、丈夫な紐でしぼれるようになっていて、紐は首にかけられるぐらいの長さがある。

ダナシュは、唯一(ゆいいつ)覚えたと思われる赤奏語をくちにした。

「ありがとうございます」

優雅(ゆうが)に微笑(ほほえ)んだダナシュに、莉杏は新しい布袋を渡す……のではなく、布袋のくちを開いた状態で差し出す。

すぐにダナシュは「あれ？」という顔になった。

「どうぞここへ。広げておきますね」

そう、言葉はわからなくても、身振り手振りでなんとなく伝わる。

ダナシュは莉杏の『大事な石の入れ替えを手伝います』という無邪気な善意に気づき、戸惑った。

ダナシュたちの神の教えに『大事なものを見せてはいけない』があるのなら、莉杏はそれを尊重すべきだ。しかし、落としものを探してほしいとラーナシュが頼んできた時点で、見られたら見られたでしかたないと思っていただろう。

「ダナシュ？　どうしましたか？」

莉杏がわざとらしく首をかしげれば、ダナシュは叉羅語でなにかを言う。きっと「自分でやります」という意味の言葉だ。

莉杏はわかっていてもわからないふりをして、笑顔で新しい袋を広げたままにしておく。

（わたくしは皇后で、ダナシュは司祭の婚約者。わたくしの身分はダナシュよりも上だから、ダナシュはわたくしに強く出られない）

ダナシュは困った顔になったあと、ぎこちない微笑みを浮かべながら、柔らかな布をもってきた。慎重に元の青い袋に布と手を入れ、布に包んだ状態の『大事なもの』をそっと取り出し、莉杏が広げている新しい布袋に入れる。

莉杏はダナシュの手元をじっくり観察した。布だけを取り出す瞬間を待つ。

（これは……？）

ダナシュは、大事なものを隠している布を新しい布袋から抜くと、急いで布袋の紐をひっぱり、くちをしぼった。

「ありがとうございます」

再び礼を言うダナシュに、莉杏は微笑む。

「お役に立ててよかったです。それではゆっくり休んでくださいね」

莉杏はダナシュにおやすみなさいと告げたあと、すぐに部屋から出た。

少し歩いてから立ち止まり、先ほど見たものについて考える。

「あれはたしかに石だけれど水晶か金剛石……よね？」

一瞬だけ見えたのは透明な石だ。しかし、それは少し濁っていて、宝石のような磨かれたものではなかった。

「後宮で保管されている金剛石は、一番大きいものでもこのぐらい……」

莉杏は人差し指と親指を使って円をつくる。

「水晶だとこのぐらい……」

今度は両手で子猫ぐらいの大きさの円をつくる。

「あの大きさからすると、水晶よね？」

だったら……と莉杏は不思議に思う。

（――中身は水晶です、と言えなかったのはなぜ？）

ラーナシュは水晶という言葉を知らなかったのかもしれないけれど、水晶という単語を書いた紙を明煌に見せればいい。

納得できずにいると、ラーナシュの声がかすかに聞こえてきた。おや、とラーナシュの部屋に向かえば、ラーナシュが歌をうたっている。

（念のために声をかけておきましょう）

昨日と今日のラーナシュは、散歩とは言えないぐらい歩き回っていた。治りきっていない怪我のことが心配だ。

「ラーナシュ、少しいいですか？」

莉杏はラーナシュの部屋の前で立ち止まり、声をかける。

「怪我の具合はどうですか？　今日もたくさん歩いていたので……」

部屋に入ると、ラーナシュは椅子に座っていて、莉杏の姿を見るなりこっちだと手を振った。

「とてもよくなった！　落としものが見つかったからもっと元気になったぞ！」

顔色もいいし、本人も元気そうだ。これなら大丈夫だろう。

「素敵な歌声が聞こえたのですけれど、先ほどの歌の歌詞はどのような内容なのですか？」

「光の山について歌ったものだ。ああ、光の山というのは……」

「光の巫子が神さまから王の証を授けられたという山ですよね？」

光の山は、叉羅国にとってとても大事なものだということなら知っている。あとはどの辺りにあるのかとか、元々は鉱山だったという知識しかない。

「その通りだ。光の山は鉱山だったから、坑道がたくさんある。今はもう金剛石が採れなくなり、入り口をすべて閉じたのだが、どこかに一つ二つは残っているかもしれない。この歌は、子どもがそこへ入ってしまわないように、坑道は危ないぞと言っているんだ」

ラーナシュは少し考えたあと、うんと頷く。

「赤奏語だとこんな歌詞になるな。『くーらいよ、くーらいよ、くるりとまわってどこいった、こーわいよ、こーわいよ、くるりとまわればひかるめだ』」

「ひかるめ……？　おばけが出るのですか⁉」

「坑道内に大きな獣の巣があるかもしれないという意味だ」

莉杏はひえっと息を呑む。子どもが暗い坑道の中で獣に襲われたら、あっという間に食べられてしまうだろう。

「だがな、この歌には欠点がある」

ラーナシュは『欠点』と言いながらも楽しそうにしている。

歌に欠点……と莉杏なりに考えてみた。

「覚えにくいとかですか？」

「いやいや、俺だったら、獣を見たくて中に入ってしまうということだ」

ラーナシュは胸を張る。

冒険小説の主人公らしい言葉に、莉杏はつい笑ってしまった。

「どんな歌詞だったらラーナシュを止められるのですか？」

「う〜ん、歌では止められないな。中に入って、人間の骨が山積みになっていたら、俺でも危ないぞとわかるだろうが」

結局、坑道に入るという危ないことはしてしまうらしい。

そしてきっと、本人は危険な目に遭っても反省しないのだろう。

「子どものころのラーナシュのお世話係は、大変だったでしょうね」

「そうだろうな。でもな、皇后殿だって、虹色に輝く花が坑道の奥に咲いているという歌があったら、見に行ってみたいと思わないか？」

「わたくしは……うう、見に行くかもしれません……！」

陛下に見せたい！　と喜んで入ってしまうかもしれない。

莉杏が反論できずにいると、ラーナシュは楽しそうに莉杏の肩を叩いた。

「今夜は月が見えなくて本当に暗かったから、ついこの歌をうたってしまった。司祭になるとな、手元の灯りを頼りにして真っ暗な坑道を歩き、祭壇まで行って祈りを捧げるという仕事があるんだ。不安になっても心の中で歌をうたえば励まされる」

冒険小説の主人公は、恐怖を感じないわけではない。

しかし、自分を励まして、前へ前へと進むことができる。

(ラーナシュの物語が歌になったら、すごくわくわくするわ)

莉杏はうきうきとしながら皇帝の私室に戻った。

それから琵琶を抱え、ラーナシュに教えてもらった歌の主旋律を弾き、小さな声で歌ってみる。

「く〜らいよ、く〜らいよ……」

ラーナシュに歌を教えてもらうのはこれで二度目だ。どちらも忘れないように書き記しておきたくて、琵琶と筆を交互にもってせっせと動かした。

「記憶に頼ると、うっかり忘れてしまったときが大変だもの」

——覚えておく。紙に書いておく。

なにかを残したいときに、それ以外の方法はあるのだろうか。

「あっ！　石碑！」

石に刻むというのも、なにかを残すための方法の一つだ。

「確実ではないけれど、歌もそうよね」

ラーナシュの国には、坑道は危ないという歌がある。

赤奏国にも子どもに危険を教える歌がある。そして、悲しい歴史から生まれた歌もある。

「歌……、残す………」

祭りや歌が受け継がれていくのは、楽しいから。

でも楽しいだけでは、確実なものにはならない。

ラーナシュのように、危ないことへの好奇心を逆に刺激してしまうかもしれない。

「えぇっと、確実に残るもので、ひやりとさせることも必要で……」

莉杏は片手で問題点を数え、そしてもう片手でその対応策を数えていく。


——みんなを安心させる方法があるかもしれない‼


紙と筆を慌てて手に取る。

忘れないうちに、と思いついたことをひたすら書いていった。


「……『ひかるめ』ってなんの眼だ？」

莉杏が考えをまとめる作業をしながら歌をうたっていると、暁月がいつの間にか扉のところに立っていた。

どうやらこの歌の歌詞をしっかり聞いていたようだ。

「これは大きな獣の眼のことです」

「物騒な歌だな」

莉杏が「お帰りなさいませ！」と飛びつけば、暁月はいつも通りに受け止めてくれる。

「ダナシュの落としものが川底から見つかったって？」

「はい！　ダナシュには新しい布袋を贈りました。そのときに中身を少し見たのです」

「へぇ」

暁月の声が低くなる。とても楽しそうな表情だ。

「中身は磨いていない水晶でした」

莉杏は、このぐらいと両手を使って大きさを示す。

「水晶ねぇ。……思ったよりつまらない中身だったな。水晶の中に模様が入っていて、その模様が神さまに見えるとか、ヴァルマ家にとっては価値があるものってやつか」

莉杏は模様入りの水晶という存在を知らなかったので、見たくなってしまう。

（仲よくなったら見せてもらえるかしら）

叉羅国では価値があるものだから、きっと盗難を恐れて見せたくなかったのだろう。

「あとは水入りの水晶という可能性もある。水晶の中に入っている水は不老不死の薬だってさ。阿呆らしい」

「不老不死⁉　試した方はいるのですか⁉」

「天庚国の皇帝が飲んだって話を読んだことがある。そいつはしっかり死んでいるぜ」

　莉杏が知らないだけで、世の中には色々な水晶があるようだ。暁月の話に、ひたすら驚くことしかできなかった。

「……あ、ラーナシュが水晶のことを『女が管理しなければならない』と言っていました。女ではなくヴァルマ家当主の妻という意味ではありませんか、とわたくしが確認したら、そうだと頷きました。ですが、そのときの反応が少しおかしかったのです」

　莉杏が水晶についての新しい情報をくちにすると、暁月の指が卓を叩く。

「ごまかしたってことか。女しか触れられない、知られてはいけない、見られてはいけない石で、水晶っぽいなると……」

　暁月は自分の言葉にひっかかりを覚え、眼を閉じる。

「……うん？　待てよ。水晶っぽい？」

　暁月の眼がかっと開いた。

「莉杏！　水晶の大きさはしっかり見たのか⁉」

「はい。ダナシュが布越しに摑んでいるところなら見ました。最初に言われていた通り、わたくしの手のひらからはみ出るぐらいの大きさです」

晩月は莉杏の言葉に息を呑む。

「あれが水晶ではないとしたら……！」

「ええっと、では金剛石……？」

大きな水晶はあっても、大きな金剛石はない。

だから莉杏は水晶だと晩月に報告し、晩月も水晶だという前提で話していたのだ。

「叉羅国には、王の証と呼ばれる金剛石がある。大人の拳ぐらいの大きさがあって、司祭が管理していて、おまけに男がもつと不幸になるという逸話があったはずだ。研磨されているかどうかは知らないけれどな」

もしもダナシュの落としものが水晶ではなく、金剛石だったのだとしたら。

あの大きさの金剛石になると、おそらく値段をつけられないだろう。ダナシュもラーナシュも顔を真っ青にして探すはずだ。

「見つかってよかったです……！」

水門の開け閉めをするのは面倒だ、と晩月は言っていたけれど、落としものが王の証であったのなら、むしろもっと捜索に関わる人たちを増やしてもよかったぐらいだ。

今になってどきどきしてきた莉杏に、晩月はそうじゃないと言った。

「あんたさぁ、これがどういう意味かわかってる？」

「意味、ですか？」

落としものは、莉杏たちが思っていた以上に大事なものだった。だとしたら……。

「実はラーナシュたちからもっと感謝されている……ということですか？」

石碑を建ててもいいぐらいの活躍だったのはたしかだ。大げさな、と笑ってしまうのはよくなかったかもしれない。

「違うって。……あのさぁ、あれは王の証だぞ。王の元になくてどうするんだ」

「司祭が管理しているのなら……ええっと、でも王の証で……」

『管理する』だけでは、意味が幅広くなる。

儀式のときに扱うことを管理というのか、保管しているという意味での管理なのか、それとも別の意味があるのか、叉羅国人ではない莉杏にはわからなかった。

「仕事で国を離れることがあっても、国宝より大事なものである王の証をもっていくようなことはしない。信頼できる身内に管理を任せる。なのにあいつはわざわざもち出し、婚約者に預けていた。そこに重大な意味があるはずだ」

明らかに異国への旅を楽しんでいないダナシュが、自らラーナシュに同行したいと言い出したとは思えない。ラーナシュに頼まれて一緒に旅をしているだけだ。

なぜラーナシュはダナシュに同行を頼まなければならなかったのか。……王の証をもっていてほしいからだとしたら？

「ラーナシュが、ろくでもないことをしようとしているのはわかる」

「ろくでもないこととは……？」

莉杏がおそるおそる尋ねると、暁月は舌打ちした。

「あいつが現国王から王位を奪おうとしている、とかだな」

叉羅国には国王が二人いる。そして、その二人の国王が交互に国を治めるという面倒な状況がずっと続いている。

——できれば、叉羅国とは『仲は悪くない』を維持したいんですよ。

莉杏の先生でもある海成が、叉羅国の話のときにそんなことを言っていた。

二人の国王のどちらかだけと仲よくなりすぎると、もう片方と仲が悪くなってしまう。それだけは避けなければならないのだ。

(司祭のラーナシュが王になるという野心を抱いたのなら、まずは味方を手に入れようとするわ。でも、赤奏国は叉羅国と『仲は悪くない』状態を維持したくて、ラーナシュの味方にも敵にもなってくれない。だから白楼国に行く、とか)

ラーナシュは、どうやらとんでもない事情と目的を抱えているようだ。

「こうなったら、あいつらをさっさと追い出すぞ。ラーナシュにとって赤奏国がただの通り道ならいいが、そうでなければ出会いから仕組まれていたはずだ」

ラーナシュと莉杏の出会いは、偶然街の人に捕まったラーナシュが、通りがかった馬車に偶然助けを求め、偶然莉杏が叉羅国のヴァルマ家の関係者だと気づいて助けたという、偶然が重なったものに思えた。

　橋から落ちたときに莉杏を助けてくれたことも、ただの親切だと受け止めていた。

（ラーナシュは優しくていい人に見える。でも、それはわたくしから見たラーナシュでしかない）

　明煌は早々に「ラーナシュに気をつけろ」と警告してくれた。明煌からは危険な人物に見えていたのだ。

　そして暁月には「ろくでもないことをしようとしている」という人物に見えている。

「残念です……。折角仲よくなれたのに……」

「あいつの考えていることが明らかになって、赤奏国に無害だと判断できたら、いくらでも仲よくしろよ」

　そうなるといいな、と莉杏の気分が上向きになった。

　またラーナシュに歌を教えてもらって、一緒に歌って……。

「そうでした！　陛下！　歌です！」

　突然叫んだ莉杏に暁月は驚き、瞬きを繰り返す。

「はぁ？　歌？」

「雨で河の水位が上がっても、必要以上の不安を抱えないようにするための方法です！」

　莉杏はつくっていた草案をかき集め、順番に並べ、暁月に渡す。

もっと読みやすいものにしたかったのだけれど、とりあえず暁月に意見を聞くことぐらいはできるはずだ。

「ああ、あれね。……最初の案と随分違うな」

暁月は『果物を供物にし、楽を捧げる』から『歌』に変わった新たな草案を読んでいく。最初はただ文字を追っているだけだったけれど、すぐに読む速度がゆるやかになった。そして手を止め、一枚目に戻る。

この草案はじっくり読まなければならないものだと判断したのだ。

「最初から説明してみろ」

莉杏はぎゅっと拳を握った。

自分の考えたことを、暁月にしっかり伝えたい。

「龍水河に捧げるものは、人ではなく物であるべきだという意識をみんなに共有してもらいます。そこで、新しいわらべうたをつくることにしました」

草案に新しいわらべうたの歌詞を載せたかったのだが、時間がなくて無理だった。だから莉杏は、歌詞に入れたいものをとりあえずくちにする。

「わらべうたには、龍水河に棲む龍の『好きなもの』と『嫌いなもの』を入れておきます。好きなものは果物や花で、嫌いなものは人間です」

ここから先は入っていけないだとか、雨が降った次の日は河に遊びに行ってはいけないだとか、河の近くに住む子どもは大人から身の守り方を教わっている。

　それをそのまま利用して、『龍は人間が嫌いだから、奥まで行って昼寝をしている龍を起こしてはいけないよ』とか、『龍が興奮したから雨が降った。人間を嫌う龍は人に容赦しないから、まだ遊びに行ってはいけないよ』という新しい解釈をしてもらえばいい。

「河に人が投げ入れられたら、龍が人を吐き出そうとして暴れるという内容の歌詞も入れます」

　洪水が起こるのはどうしてなのか。——龍水河に住む龍が暴れるから。

　龍水河に住む龍が暴れるのはどうしてなのか。——嫌いな人間が投げ入れられたから。

「そんな馬鹿な」と言える人はそれでいい。そもそもそんな人は生贄の儀式にも「そんな馬鹿な」と言ってくれるだろう。

「河の水位がただ上がってあふれただけの話なら、『嫌いな人間が投げ入れられて吐きだそうとしたから』という説明で納得できる。だが、堤防が決壊するという人間とは関係のない原因があってあふれたときはどう説明するつもりだ？」

「堤防が壊れてしまったのは、そもそも水位や流速が上がったからなので、それも人を吐き出すためだったと皆に思わせます」

　暁月の指摘に、莉杏は用意しておいた答えを述べた。

「なにもしていないのに洪水が起きてしまったら、龍の歌はありがたい教えにならず、ただの歌だと思われるぞ」

「洪水が起きたときは、どこかの村が龍水河に生贄を捧げたらしいという噂を、禁軍（きんぐん）や商人に必ず流してもらいます」

こうしたらいいんだよという優しい教えだけでは駄目だ。ひやりとさせることで、生贄の儀式をしてはならないという意識を育てていく。

「河に人間を捧げてはならないという『新しい禁忌（きんき）』をつくっていくのか」

「はい！」

新しい儀式や行事は必要ない。

今まで通り、各地に伝わる儀式をそのまま生かし、『新しい供物』と『新しい禁忌』をつけ加えてもらう。

これなら、誰が主導になってどう伝えていくのかという問題が半分ぐらい解決する。

「新しいことを定着させるのは大変だ。途切れたらどうする？」

村ごと呑みこまれるような洪水が起きるかもしれない。

元々住んでいた人たちが別のところに移り住んだあと、新しい村ができるかもしれない。

途切れてしまった歌や風習を、新しい村へどうやって与えたらいいのか。

「書物と石碑です！」

人から人へ、それが一番いい。

しかし、上手くいかなかったときの備えも必要だ。

「各地に、覚えてほしいことを歌にしたものがたくさんあります。河に関係しないものも一緒に集めて、わらべうた集や童話集にして、民に広めます」

赤奏国は、新しい皇帝を褒め称える物語や歌や劇が盛んにつくられている。

これからの未来は明るいという希望をもたせるための政策として、国が積極的に文化支援をしていた。

皇帝の詩歌集(しいかしゅう)というものが既(すで)に発行されているから、莉杏がわらべうた集や童話集をつくることもできるはずだ。

「治水工事や利水工事に協力した地域の人々の名前を石碑に刻む、という案も利用します。そこに龍水河の龍のわらべうたを刻みます。そもそも工事をする場所は危険な場所でもありますから、新しく移り住んだ人が石碑を見たときに『ここは危ない』『石碑にある供物を用意しておこう』と思えるようにしておきます」

人と物。どちらも使って、ゆるやかに意識を変えていく。

変えられた意識がまた戻ってしまわないように、書物や石碑に助けてもらう。

莉杏がいなくなっても当たり前のように受け継がれていく方法を、今の莉杏の精いっぱいでつくり上げた。

（どうかな……？　陛下は最後まで話を聞いてくださったけれど……！）

どきどきしながら暁月の返事を待つ。

暁月はしばらく莉杏の草案をじっと読んで……くちを開く。

「──いいな、これ。やってみろ」

合格、と暁月は言いながら草案をぽんと卓に置く。

「っ、ありがとうございます！　やったぁ！」

莉杏は無邪気に喜ぶ。

難しい宿題の答えがようやく見つかった。いや、見つかったのではない。歌や物語という方法はすぐ傍にあった。それが答えだとわかったのだ。

「わたくし、がんばります！」

まずは楽譜集を集めてよく読み、わらべうた集の参考にする。

同時に、各地のわらべうたや言い伝えを集めておく。

（気軽に手に取れる書物にしないといけないから、辞典のような分厚さは必要ないわよね。大きな字でわかりやすいものにして……。あ、小さな男の子が暗唱している四書（ししょ）を参考にできるはず！）

これからのことを考えていると、眠れそうにない。

あれもこれもしなければと指を折っていると、暁月の手が頭を撫でた。

「これはあんたにしかできないことだ。頼んだぞ」

莉杏はぱっと顔を上げた。

眼の前にいるのは、莉杏の成長を楽しんでいる家族ではない。この国を守り導こうとしている皇帝だ。その皇帝から頼むと言われた。

「絶対に成功させてみせます！」

もしかすると、暁月が好む『立派な皇后で、いい女』というものに、少し近づけたのかもしれない。

それが嬉しくて、莉杏は暁月に勢いよく抱きついた。


暁月は、莉杏が眠ったのを確認したあと、そっと寝台を抜け出す。

一人で窓辺に立ち、静かな夜の庭を眺めた。

(まいったな。こいつ、まだ十三歳だっていうのに)

外を見ていても、思い浮かぶのは莉杏と、そして莉杏がつくった草案だ。

——わらべうた集と童話集をつくる。

莉杏はなにげなく提案したけれど、暁月はその手があったのかと心から驚いた。

この国の書物は、男のためのものばかりだ。

男に生まれれば、平民であっても、文官登用試験である科挙に合格したら官吏になれる。男は両親から立身出世を期待され、幼いときに四書の暗唱をさせられる。四書の暗唱が終わればまた別の書物の暗唱を始める。書物を読むという感覚が当たり前のように備わる。

しかし、女に生まれたら、名家の生まれや両親の理解という条件が重ならない限り、官吏になろうとすら思わない。読み書きは生活に必要な分だけできればいいし、それすらできない者も多くいる。

読書というものは、女にとって特殊な趣味だ。だから女が喜ぶ内容の書物はそう多くない。

(でも、あいつがわらべうた集や童話集をつくれば……)

皇后がつくった、というところが大事なのだ。

『赤奏国の女の子ならこれぐらい読めなければ恥ずかしい』という感覚を民にもたせることができれば、『女に読み書きの教育は必要ない』から一気に抜け出せる。

暁月は、既にある教育を充実させることはできても、女の子のための新しい教育体制や仕組みをつくることはできない。まだそんな時間も金もないからだ。

しかし、莉杏によってつくられる数冊の書物が、そのきっかけを生もうとしていた。

（女のための教育の充実なんて、あの白楼国でもまだできていないんだぞ⁉）

白楼国は、平民出身の女性官吏にわかりやすい立身出世をさせることで『理想の女性官吏』を生み出して伝説にし、幼い少女の憧れにしようとしている。

しかし、『理想の女性官吏』が完成するまでにはまだ時間がかかるだろう。

あの珀陽でも数十年かけるつもりでいたことが、莉杏の提案によってあっという間に叶ってしまうかもしれない。


――見ろよ！　これがおれの皇后だ！


とてつもなく気分がよかった。

今すぐ、この国どころか他の国にも莉杏を自慢して回りたかった。

（あんたたちのところに、ここまで才ある皇后がいるのか？　……いないよなぁ！）

暁月は莉杏に必要なものを用意し、がんばれとその背中を押しただけだ。

莉杏はそれをどんどん吸収し、人として、皇后として、成長している。

（おれの女が史上最高の皇后だと絶賛されるなんて、最高の気分になれるだろうよ）

きっとそれは遠くない未来だ。その予感が日に日に強くなっている。

……ならば、莉杏が成長できる場を、可能な限り用意したい。

（あんたはあんたにしかできないことをしている。おれもおれにしかできないことをしないとな）

莉杏が未来のために種をまいているのなら、暁月は生贄にされそうな人を今助けてやらなければならない。

——どんな些細なことでもいいから、怪しい情報が届いたら、すぐに確認する。

自分にはそれしかしてやれないけれど、それだけは絶対にやってやる。

（他には……）

暁月は上着を手に取り、肩にかけながら廊下に出た。

真夜中に出歩こうとしている暁月に、警護の兵士が驚く。

「ラーナシュのところへ行く」

目的地を簡潔に告げると、扉の前にいた警護の兵士の一人が護衛としてついてきた。

隠したい用事でもなかったので、暁月はついてきた兵士をそのままにしておき、ラーナシュの部屋の扉を叩く。

もう寝ていてもおかしくはない時間だけれど、ラーナシュは扉をすぐに開けた。

「皇帝殿だったか。なにか用か？」

「入るぞ」

　暁月はラーナシュの質問に答えず、勝手に部屋の中へ入る。ついてきた兵士に待機しろと軽く手を振って伝えれば、ラーナシュが黙って扉を閉めた。

「急ぎの用事……にしては落ち着いているな。まあ座るといい」

　ラーナシュは暁月に椅子を勧める。

　しかし、暁月は必要ないと素っ気なく断った。

「善人のふりはもう充分だ。さっさとこの国から出ていけ」

「うん？　俺はゆっくりしていいと言われたはずだ」

　暁月にとってのラーナシュの第一印象は「うさんくさいやつ」である。そして、知れば知るほど正解だったという確信を抱くことになった。

　ラーナシュは、人の上に立つことに慣れていて、物事の優先順位がはっきりしていて、自分にできる範囲では善人だ。切り取る部分で印象が一気に変わる。

「そもそもあんたが莉杏を助けたのは、打算もあってのことだろうよ」

「打算？」

「こっちに恩を売りつけて喜んでるって意味だ」

　暁月が鼻で笑えば、ラーナシュは肩をすくめた。

「近くにいる女の子が危険なら、俺は知らない子でも救いの手を差し伸べるぞ」

「そうだろうな。だから『打算も』って言っただろ」

ラーナシュは暁月の言いたかったことを理解したらしい。

今度は否定することなく笑った。

「あんたは王の証と共にさっさと白楼国へ行って、白楼国に迷惑でもかけていろ」

「……おお、王の証に気づいたのは皇后殿だな。鋭い方だ」

絶対に知られないようにしていたことが、あっさり見破られていた。

ラーナシュは驚いたけれど、納得もしている。莉杏は幼くても賢い皇后だと、高く評価していたからだ。

「俺はな、赤奏国でなにかをするつもりはない。赤奏国の皇帝殿とちょっと話をしたら、すぐに出ていくつもりだった」

「へぇ？　おれと話してどうする気だ？」

「新しい皇帝だったからな。どういう皇帝なのか知りたかった。賢いなら嬉しい。賢くないのなら困る。近くから見て判断したかった。正式な手順を踏むと、周りの賢いやつが色々手を回す。判断がしにくくなるのは困る。だから突然の出会いにしたかった」

暁月は、ラーナシュの目的に納得できてしまった。

突然隣国で皇帝位の簒奪が行われた。それも名前しか知らなかった皇子によって引き起こされたものだ。自分がラーナシュの立場にあるなら、たしかに近くで見ておきたい。

「それで？　おれのことを賢い皇帝だとでも？」

「皇后殿を見ていればそうだろうとわかるぞ。いい教育ができている」

暁月は舌打ちをした。ラーナシュは暁月のことを褒めてくれたのだろうけれど、上から目線というところが気に入らない。珀陽という名前の隣国の皇帝のことを思い出して苛ついてしまう。

「言っておくが……」

暁月はラーナシュを突き飛ばす。ラーナシュの背中が壁についたときを見計らい、壁を勢いよく蹴ってやった。

「あんたとおれは対等じゃない。おれは気が短いんだ。態度には気をつけろ、ヴァルマ家の放蕩息子野郎」

ラーナシュについての調査は終わっていると伝える。そして釘を刺した。

「王の証をもち出したことは、叉羅国の王……いや、他の二人の司祭に知られたくないはずだ。あんたは『ごめんなさい、すぐに出て行きます』という赤奏語をおれに言えばいいんだよ」

ここまで脅せば、たいていの人間は怯む。

しかし、ラーナシュは表情をまったく変えなかった。

「俺だってすぐに出て行ってやりたい。……だがな」

ラーナシュは窓の外を見る。

「もうじき大きな嵐がくる。それが通り過ぎるまでは動けない」

確信に満ちた声だ。暁月は黙って足を下ろした。

「俺はこの手の予感に強い。皇帝殿、河の傍に住む民を避難させた方がいいぞ」

静かな夜に、民を導く司祭の声が響く。

暁月はゆっくりくちを開いた。

「よその国のことより、自分の国のことを考えていろ」

「……う〜ん、それを言われるとつらいな。その通りだ」

つらいと言いつつ、ラーナシュはにこにこしている。

暁月はうさんくさい男と必要以上の会話をする趣味はないので、挨拶もせずにこの部屋から出た。

(嵐がくる……)

ここ数日、暁月の胸がざわざわしている。

どうしてかはわからないけれど、大きな嵐がくることを察しているのだろう。

(これは朱雀神獣からの警告かもしれないな)

静かな茘枝城を歩きながら、この国の河と運河を思い浮かべた。

危険な地域に武官を派遣し、水位が上がったら民を避難させろと命じておいた。自分にできることはしたはずだ。

あとは――……ただ祈るしかない。

六問目

——龍水河に住む龍のわらべうたをつくり、広める。

莉杏は『歌詞や曲をどうするのか』という問題を一人で解決するつもりはなかった。

まずは後宮の女官である欧宝晶に協力を求めにいく。

宝晶は古琴の名手で、この茘枝城の中で一、二を争う腕前のもち主だ。

彼女は後宮でその実力を磨きつつ、古琴以外の楽器の演奏も学び、莉杏の琵琶の指導もしてくれていた。

「わらべうた……ですか？」

「はい！　龍の好きなものと嫌いなものを歌にしたいのです！」

莉杏はなぜ歌をつくろうとしているのか、どんな想いをこめたいのかを説明する。

宝晶は莉杏の話を聞いたあと、穏やかに微笑んだ。

「素晴らしいご計画です。皇后陛下のお手伝いができて光栄です」

宝晶は楽器を習い始めた人用の教本をもってくる。開くと、曲名や作曲者や楽譜がわかりやすくまとめられていた。

「子どもを守るためのわらべうた集なら、歌詞と楽譜と……それから、解説を入れるといいかもしれません」

「解説ですか？」

「はい。楽というのは、楽譜の通りに弾けばいいというものではありません。どうしてこのような曲ができたのかを知り、理解を深めることも必要です。ときには作曲された場面だけではなく、作曲者の生い立ちも学びます」

わらべうたは、楽しく歌うだけでいい。

でも、どこかにいるかもしれない「どうしてこんな歌なのか」という疑問をもった子どものために答えを用意しておきたいのだと、宝晶は胸に手を当てた。

「曲にこめられた想いも書物の中に残しておきましょう。想いが忘れられてしまっても、書物に記されていたら、読んでくれた人に託すことができます」

宝晶は、頁をどう使うかを色々考えてみますと言ってくれた。

莉杏は宝晶にお願いできてよかったと思いながら、次は女官長のところに向かう。

「わたくし、子どもたちを守るためにつくられたわらべうたや、危ないことをしないための童話を集めた書物をつくることにしました」

莉杏は、子どもが危ないところへ行かないように、危険が迫ったら逃げられるように、なにかあっても家に帰れるように、そんな願いをこめた書物を作成するつもりだと説明する。

女官長は莉杏の話を聞いたあと、笑顔で協力すると言ってくれた。

「まずはできるだけ多くの曲と言い伝えを集めた方がいいですね」

「はい！　お手紙箱を使って、気軽に参加してもらおうと思います！」

女官長は、お手紙箱を使うという莉杏の考えが意外だったのか、二度瞬きをする。

「ひとりずつお話をしなくてもいいのですか？　その場で聞き返すことができますし、形式を揃えた記録を取っておけば、あとで手間取らずにすみます」

女官長の提案に、莉杏はなるほどと感心した。たしかにあとでまとめようとしたときに、形式が揃っていると助かる。

「『田舎の歌だから恥ずかしい』とためらう人のために、気軽にしておきたいのです。わたくしは色々な歌や話を集めたいので、田舎の歌は寧ろたくさんほしいのです」

「たしかにそうですね。皇后陛下の前で歌ったり語ったりすることになれば、なまりが強くて恥ずかしいだとか、意味がよくわからない歌詞や話だからやめておこうとか、必要以上に遠慮する者もいるでしょう」

「はい！　ですが、形式は揃えておくべきですよね」

わらべうたの曲名や、わかるのであれば作曲者名、歌詞、楽譜、伝わっている地方……どこまで載せるのかはこれから考えるのだけれど、一通りの情報はあった方がいいだろう。

「皆にとって初めてのことなので、まずは見本をつくりませんか？」

女官長の助言のおかげで、莉杏には予想できていなかった混乱を今のうちに知ることができた。

（今回は、わらべうた集や童話集をつくるという目的の他に、もう一つ大事な目的もあるわ。それにもしっかり取り組まないと！）

莉杏は、わらべうたや言い伝えを集める手段に『お手紙箱』をどうしても使いたかった。

お手紙箱の制度をつくっていたとき、お手紙箱を使えるのは女官のみにしようと強く主張したのは女官長だ。色々な問題が予想されるから、お手紙箱の制度がそれなりに整うまで……と女官長は言っていたけれど、『皇后に失礼があってはいけない』という心配からの発言だろう。

だからこそ、女官長の心配を真っ向から拒否するのではなく、手紙を入れることができる範囲を広げてもいいと自然に思ってもらえるようにしたかった。

（どんなものでもいいから、とにかくあちこちのわらべうたや童話を集めておきたい。

——今回の計画は、宮女がお手紙箱を使えるきっかけになるはず）

宮女がお手紙箱に手紙を入れるという前例が、これでできる。今回の特例でなにも問題がなければ、宮女もお手紙箱を普通に使えるようにしてはどうかという話を、もう一度女官長としてみよう。

「二つ目のお手紙箱の新しい設置場所ですけれど、皆が出入りできて屋根があるところ……朱雀神獣廟に移動させるのはどうでしょうか」

莉杏の提案に、女官長はいいですねと頷く。

「このまま廊下に置いておくと雨で濡れてしまいます。また空が曇ってきていますからね。それに嫌な風も吹いています」

「嫌な風……ですか？」

莉杏は窓の外を見てみる。木が揺れてざわざわという音を鳴らしているけれど、いつもの風とどう違うのかわからない。

「嵐の前には、湿った重たい風が吹くんです。庭のものが飛ばないように、今から対策をしておきますね」

これから女官たちは忙しくなりそうだ。莉杏は皆の邪魔にならないよう、自分の部屋へ戻ることにした。

「あ、書庫によらないと」

龍水河周辺の地形についての資料と大きな地図が見たかったことを思い出し、書庫に向かった。

宝晶は莉杏に頼まれた『龍水河に住む龍のわらべうた』をつくるための資料を探し始め

た。楽譜を集めること以外にも、川や龍を題材にした詩歌もしっかり読んでおいて、理解を深めておかなければならない。

「あら、ここにいたのね」

宝晶が目的のものを卓に並べていると、女官長に声をかけられる。

なにか急ぎの用事を頼まれるのだろうかと慌てて片づけようとしたら、大丈夫だと笑われた。

「皇后陛下のわらべうた集と童話集をつくる計画なんだけれど、お手紙箱を使って皆から曲や話を集める前に、どういう形式で書けばいいのかの見本をつくることになったのよ」

宝晶はたしかにと頷く。ただ募集するだけでは、あとが大変だ。

「どんな情報がほしいのか、どんな書き方をしてほしいのか、宝晶が決めなければ募集もできないから、できるだけ早めに頼むわね」

「わかりました」

女官長が『頼むわね』とはっきりくちにしてくれたら、宝晶は莉杏からの依頼を堂々と最優先することができる。気合を入れて挑みたい仕事だったので、女官長から応援してもらえることになってほっとした。

「童話の見本は凛珠に頼むことにしたから、なにかあったら二人で相談してちょうだい」

「はい」

皇后の莉杏は、思いついたことを人に任せて終わりにすることはない。どうやって完成までもっていくのか、問題点をどう解消するのか、実際に始めてからどう維持していくのかを、あらかじめしっかり考え、必ず周囲に相談し、根回しもする。

「皇后陛下はまだ十三歳なのに……」

宝晶は、十三歳のときの自分と比べて恥ずかしくなった。それぐらい莉杏は立派すぎる皇后なのだ。

女官長も同じ想いなのだろう。宝晶の言葉に微笑んだ。

「最初はただの武官の孫娘が皇后になると言われてどうなるかと思ったけれど、陛下のご慧眼は素晴らしかったわね。皇后陛下は、この後宮だけではなく民のことまでよく考えてくださっている。この国の宝だわ」

莉杏の一番の強みは素直なところだ。教えれば教えた分だけどんどん吸収していく。そして努力というものを嫌がらないという才能もある。

今はまだ皇后教育を受けている最中だけれど、数年もしたら教えられることがなくなってしまうだろう。その日が楽しみで、そして少し寂しい。

「後宮がこんなに穏やかで過ごしやすいところになったのは、皇后陛下のおかげです。陛下のご寵愛を競い合う場ではありますが、陛下のご寵愛がこれだけたしかで、皇后陛下があまりにも素晴らしい方ですから、競い合う意味がなくなっていますね」

宝晶は先々代皇帝の時代から後宮にいる。後宮は煌びやかだけれど恐ろしいところで、いつ自分が誰かの嫉妬の的になるかわからず、ずっと不安だった。

しかし、莉杏が皇后になってからは、毎日が楽しい。

「張り合いがなくなるのも問題よ。これからの後宮は、皇帝陛下と皇后陛下を支える者としての魅力を競い合う場にしないとね」

今の後宮はただ維持されているだけだけれど、莉杏が育っていけばそれに見合った華やかさを復活させていかなければならない。

そのためにも宝晶は、莉杏を支えられる女官として志も能力も日々しっかり磨いていくつもりだ。


卓上に赤奏国の地図がある。

莉杏はそれを見ながら色々なことを考えてみたけれど、なにも思い浮かばなかった。

勿論、地図の見方は教えてもらっている。地図だけではわからないところを補ってくれる細かい資料もある。

それでも、頭の中に実際の地形を描くのは難しい。

（龍水河周辺の特に危険な地域を読み取りたかったのに）

　河の危険を教えるわらべうたや言い伝えを探しやすくするため、自分なりに事前準備をしたかったのだけれど、見事につまずいてしまった。

「今日は地形のお勉強ですか？」

　莉杏がうんうんなっていると、海成に声をかけられる。

　海成は、暇があれば莉杏の様子を見にきて、困ったことがあるといつもそっと助けてくれていた。

「龍水河や運河の高低差がよくわからないのです。個別に数字を見ることはできるのですが、全体になると上手く想像できなくて……」

「ああ、こういうのは得意不得意がありますからね」

　海成は指で数字を追いかけ、よしと呟いた。

「外に出ましょうか。数字を読み取り続けるよりも、実際につくった方が早いですよ」

「外に？　海成は忙しくないのですか？　みんな嵐がくると言って準備をしています」

　莉杏としてはとても嬉しい提案だけれど、海成の仕事の邪魔はしたくない。

　いいのかなと首をかしげると、海成は笑った。

「俺なら大丈夫です。吏部は嵐がきてもいつも通りの仕事しかしません。禁軍や兵部、あと客人がいらっしゃるので礼部なんかはとても忙しいでしょうけれどね」

それに、と海成は続ける。

「このお勉強は、例のわらべうた集と童話集のためのものでしょう？　皇后陛下が書いた草案を、陛下に見せてもらいました。とてもよくできていたので、俺も個人的に関わりたいんですよ」

「本当ですか!?」

「あの白楼国より一歩先に行っている分野ができるなんて、俺も誇らしいですから」

莉杏は海成と共に外に出て、庭の奥にある明煌の畑の前で立ち止まった。

海成は腕まくりをし、畑の端にある湿った土を鋤で集めたあと、平たくする。

「この辺りに山があって……、海岸線はこんな感じかな」

海成はまず大まかに形をつくり、落ちていた小枝を拾って海岸線を整え、山の部分に土を盛り、湖の部分を削った。

上から見て、横から見てを繰り返し、最後に枝で線を引く。

「これが龍水河で、こっちが運河です。茘枝城はここ。石を置いたところは水門です」

立体の地図があっという間に完成した。莉杏は瞳をきらきらさせる。

「すごいです!!」

「実際はもっと細かい高低差がありますよ。これはかなり省略していますから」

「はい！　すごい、地図と数字だけではここまで想像できません……！」

莉杏はあちこちから赤奏国の形というものを見る。

隣国の采青国に繋がる運河は、一度山を登ってから下っていた。水門の開け閉めによって船を上へ上へともち上げられることは知っていたけれど、実際にこうやって見てみると、運河の運搬力がどれだけ重要だったのかわかる。

「こんなに大きい河と大きい運河なのに、嵐であふれてしまうこともあるのですね」

不思議に思っていると、海成が龍水河の上流を指差した。

「前にも話しましたが、ここの湖は、流れてきた水をためる役割があります。ですが、水と一緒にどうしても土砂がたまっていくので、湖がどんどん小さくなっています。ここ以外にも、土砂が流れてきたことで河底が浅くなっているところもあります。そうならないように色々工夫をするんですけれど、この国はそういう治水工事をほとんどしてこなかったんですよ」

暁月が皇帝になってから、ようやく治水工事が再開された。しかし、大規模な工事は、終わるまでに時間がかかる。

「……国はこういうところにお金をかけないといけないのですね」

「そうです。白楼国は龍水河の治水と利水に力を入れていますね。この曲がっている部分を削って、できるだけ直線にしようとしています」

海成が小枝で地面に曲線を書く。その横に直線を書き入れた。

「水の勢いを保つことで、土砂も押し流すんですよ」

「その土砂は……あっ」

「はい。つまり赤奏国に土砂混じりの水がどんどんきているってことです。……といっても、白楼国を流れているときの水は、そこまで土砂混じりというわけでもないんですけれどね。赤奏国のこの高原を通るときに土砂がかなり混じってしまうんですよ」

海成は龍水河を見てため息をつく。

「今のところは、河の両側にある堤防……縷堤を高くしていって、少し離れたところに二つ目の堤防である遥堤をつくり、縷堤と遥堤の間を区切った格堤をつくって、氾濫しても被害が軽くなるようにするしかないですね」

「遥堤は視察のときに見ました！　でも、たしか遥堤の中に村が……！」

「堤防の中に村をつくってはいけないんです。でも、壊れた遥堤や格堤を直しておかないと、『暮らしてはいけない場所』がわからなくなるんですよね」

小さな問題の積み重ねが、今になって響いている。

この国は、ぎりぎりのところでどうにかしてきた問題とそろそろ向き合わなければならない。

「……あ、雨」

ぽつんと冷たいものが莉杏の手に落ちてくる。

莉杏は海成と慌てて土を戻し、井戸に行って手を洗い、屋根のあるところまで走った。

夜がくると、雨の音と風の音がひどくなっていった。

そしてなにより……——胸がざわざわする。

莉杏の眼はなぜか冴えてしまい、しばらく眠れそうになかった。しかたなく寝室で大きな地図を広げ、龍水河の近くにある村や街のことを考える。

「……あれ？」

視察をした場所だから、実際に見たときの光景が思い浮かぶはずだ。けれど、なぜか高いところから見下ろそうとしていた。

（どうして……？）

ずっと胸がざわざわしている。なんだかもどかしくて、胸元をぎゅっと摑む。

自分にはこの嵐をどうすることもできないと理解しているのに、どうしてもじっとしていられなかった。

（外の様子が見たい……）

莉杏は窓から雨風を眺めようとしたが、ここでは駄目だと思ってしまう。

もっと高いところへ行きたくなって、考えるよりも先に足を動かした。

——荔枝城で一番高いところ……早く、早く行かないと！

どうしてこんなに焦っているのか、自分でもよくわからない。

上へ行けと誰かに急かされている気がする。

「高いところ……庭園の樹林亭……」

嵐の中、庭園にくるものはいない。莉杏は誰にも止められることなく庭園内を走り、岩山の上にある建物に入った。

回廊に出れば、屋根の下でも雨が容赦なく吹きつけてくる。できるだけ濡れない位置に移動して、ここからでは見えないはずの運河を眺めた。

「運河に入る水は、一定量になるよう調整されている」

運河は、運河そのものに大量の雨が降り注がなければ、あふれることはない。龍水河からの逆流を防ぐ水門もある。そのうち水位が上がるだろうけれど、今はまだ大丈夫だろう。

「河と繋がる農業用水路の水位は、これからどんどん上がっていく」

地元の人は、農業用水路から水があふれないように上流の水門を閉めたはずだ。

「……でも、こんな大きな嵐のときは、龍水河をあふれさせないように、水位が限界に達するまで水門を閉めない方がいいのよね？」

ならば最初に操作しなければならない水門は『天枢』だ。

莉杏はここから天枢を指差した。

暁月は禁軍と共に、天枢と呼ばれる水門の近くにきていた。

東側からやってくる大きな嵐は、川をさかのぼるようにして北へ向かうだろう。

この辺りは最後まで水があふれるかどうかを心配しなければならない場所だ。

「くそ、なんだこの雨は」

暁月の眼の前にある大きくて立派な水門は、龍水河と運河の境目にある。

壊れる様子はなく、水位もまだそこまで上がっていないのに、暁月の胸はざわついていた。これからどんどん雨風が強くなることをわかっているからかもしれない。

夏から秋にかけて、猛烈な風と多量の雨を降らせる嵐がくる。一日かけてこの国を縦断していく大きな嵐は本当にやっかいで、龍水河があふれる原因になっていた。

「おい、天枢を開けろ」

暁月は水門を見ながら武官に命じる。

武官は驚いた顔で聞き返してきた。

「天枢を閉めておくのではなく、開けるのですか？」

「そうだ。運河に水をできる限り流しておく。限界ぎりぎりまで粘れ」

限界線と呼ばれる高さまで水がきたら、今度は運河があふれる。そこで一度閉めてもらおう。

「龍水河にはまだ余裕がありますが……」

「今、河口が一番危なくなっている。できるだけ龍水河に流れる水の量を減らすんだ」

暁月は水門の見張りをする武官にあとを任せ、茘枝城へ戻ることにした。

──嫌な予感がする。

嵐が近づいたときのぞわぞわとするあの感覚が、収まるどころか強くなっている。

（早く高いところへ行かないと……）

こんな嵐の日に馬車を動かすのは危ないとわかっていても、じっとしていられなかった。

ときどき風に煽られて揺れる馬車の中で、茘枝城で一番高いところを思い浮かべる。

（庭園の樹林亭……）

自分でも驚いてしまうほど焦っていた。

馬車が茘枝城に入るなり飛び出し、武官についてこなくていいと叫びながら走る。

──上へ、もっと高いところへ！

雨にどれだけ濡れても気にならない。

暁月は衝動のままに樹林亭の階段を一気に上った。

「莉杏⁉」

　暁月に呼ばれた莉杏は息を呑む。

　どこか遠くに行っていた意識が戻ってきて、どうして自分がここにいるのかよくわからなくなり、自分にも暁月にも驚いてしまった。

「陛下……⁉」

　外を歩いていたのだろうか。濡れたままの暁月が近よってくる。

「あんた、どうしてここに……」

　莉杏はどうしてと言われても、自分でも不思議に思っている最中だ。それでもわかる範囲で答えた。

「……胸がざわざわしたのです。どうしても高いところへ行きたくなって……気づいたら樹林亭にきていました」

　自分に行ける範囲で、見晴らしのいいところとなれば、岩山の上につくられた樹林亭になってしまう。

　衝動的に動いたのに、そこだけは冷静に判断できていた。

　どうしてだろうと莉杏が首をかしげると、暁月がため息をつく。

「陛下はどうしてここにいらっしゃったのですか？　今夜は戻らないかもって……」

「あんたと同じだよ。天枢まで行ってきたけれど、胸がざわついて、高いところに行きたくなったんだ。……あ～、これはもう朱雀神獣の導きってやつだな」

暁月が莉杏の隣に並ぶ。

真っ暗でよく見えない外を厳しい顔で眺めた。

「陛下もわたくしと一緒だったのですか？」

「そうそう。朱雀神獣がおれになにかをさせたいんだろ。……ん？　それは……」

暁月は莉杏の手の中にある紙に興味をもつ。

莉杏は自分の手を見て、どうしてもってきてしまったのだろうかと驚いた。

「部屋で地図を見ていたのでそのまま……」

少し濡らしてしまったようだ。慌てて回廊から部屋の中に戻り、卓の上に広げた。

「陛下は天枢の水門を見てきたのですよね？　水門は閉じてしまったのですか？」

「開けてきたよ。……へぇ、きちんと考えているんだな」

水門の辺りの水位だけではなく、国全体の水位を見ていないと、この時点で天枢の水門を開けようとは思わない。

暁月は、莉杏の視野の広さを褒めた。

「わたくしは、龍水河と運河と農業用水路がどうなっているのかを考えていたのです」

自分で言いながらそうだったと思い出した。

この樹林亭で、天枢の水門がどう操作されているのかを気にしていたのだ。

「なら次はどうしたい？」

　暁月に問われ、莉杏は南西を指差す。

「天璇の水門を開けて、龍水河から農業用水路へ水を流しておきます」

　米の収穫はもう終わっている。農業用水路は使われていなくて、水位が下がっているはずだ。ここも運河と同じく限界まで水を流しておきたい。

「三番目は……」

　莉杏は地図を見て、龍水河や運河の高さを確認する。

「天璣の水門です。これから中流の水位が上がります。その前に水門を閉め、逆流を防いでおきたいです」

「正解だ。閉めろという指示はもう出してある」

　水門の開け閉めは、何度も状況を確認して、その都度指示を出せたらそれが一番だ。

　しかし、離れている場所にある水門の開け閉めの判断は、現地に派遣してある武官に任せるしかない。

「雨風が弱まり始めたところから報告にくる。一番早いものでも到着は夜明けだ。もうその時点ではすべてが終わっている。おれは後始末しかしてやれない」

　だから暁月は、事前にできることはすべてやっておいた。

　——水位が上がったら、嵐が去ったら、水位が下がったら、万が一のときは。

この国には、いざというときに指揮を任せられるような優秀な官吏というものが少ない。権力をもっている無能な者たちにずっと潰されてきたのだ。

もしも、を考えそうになった暁月は首を振った。そんなことをしても意味はない。

「……なぁ、四番目はどこなんだ？」

暁月は気持ちを切り替えるために、もう一度地図を見る。

「女官長から聞いたのですけれど、この大きな嵐は北に向かうのですよね？　なら下流の水が少し引き始めたところで天権の水門を開け、湖の水位を下げておきたいです」

「天権か。上手くやれば湖も下流もあふれないけれど、いつ開けるかの判断が天権だけではできなくて、運任せになるんだよな」

暁月は『運よく』のときを考え、次は玉衡の水門を閉じて……と視線を再び南方へ向けたあと、眼を見開いた。

「……こんなに順番が一致することってあるのか？」

「順番？」

「七つの水門は柄杓星のそれぞれの名前をつけられているが、上流から順番につけられたわけではない。だから完成した順に名前をつけたんだと思っていた」

龍水河の形は、柄杓星の形に似ているわけではない。水門の名前が柄杓星にちなんでつけられたのは、数が同じ七つだからで、河の水をすくいたいという願いをこめたからだろうと、莉杏も勝手に納得していた。

「もしかして、水門の操作の順番なのか……？」

水門の開け閉めが必要になるのは、日照りが続いているときか、逆に大雨になったときのどちらかだ。

そして、より緊急性が高いのは大雨のときである。

「くそっ！　そうだとしたら、本来はもっと細かな決まりがあったはずだ！　天権の水位がどれぐらいのときに開けるのかとか、目印なり資料なりがどこかに……！」

今までの赤奏国は、現地の判断で水門を開け閉めしていた。

ここは大丈夫でも別の場所が危ないから水門を操作しろ、と皇帝に命じられるのは、皆にとって初めてのことである。

だから少し考えれば「もしかして」と気づけることに、誰も気づけなかったのだ。

（ずっとずっと昔の皇帝陛下が、洪水を発生させない方法を、わたくしたちのために名前という形で残しておいてくれたのかもしれない……！）

名前に、いざというときの水門の操作の順番を託した。

けれども、あまりにも長い間、その情報が途切れてしまった。どこかにあるはずの細かい決まりを今から探すのは無理だ。そもそもその資料があるかどうかもはっきりしていないし、あっても残っていないかもしれない。

　暁月がしまったと悔しがる横で、莉杏は地図をじっと見つめる。

「朱雀神獣なら、下流の水位を確認してからでも天権の水門を開けに行けるのではありませんか？」

「はぁ？」

「そうです！　わたくし、空を飛びたかったのかもしれません！」

　莉杏は高いところに行きたくてここまできてしまった。

　そして、まだ足りないと思っている。もっと河を見下ろせるところまで上りたい。

「陛下も一緒ですよね？　だからここにきたのですよね？」

　暁月も胸がざわざわしたと言っていた。

　朱雀神獣の導きでここにきたのだとも言っていた。

　莉杏が地図をもってきたのも、暁月に国を上から見てもらいたかったからなのかもしれない。

「おれは……」

　暁月は真っ暗で荒れた空を見る。

　風も雨も強い。大きな鳥も小さな鳥も飛んでいない。

　飛びたくても飛べない。誰だってそう判断する。

「こんなときに飛んだら、風に煽られて落ちる。危なすぎる。馬車だって傾いたんだ」

そう言いながらも、暁月は己に苛立った。

――自分がここまできたのはなぜだ？　莉杏がここまできたのはなぜだ？

その答えならもう知っている。

――空を飛びたいからだ。そして、危ないと言ってためらう自分の背中を、莉杏は「行け」と蹴り飛ばさなければならないからだ。

暁月は、改めて莉杏に向き合う。

（こいつが立派な皇后になるのなら、おれだってそれに見合った皇帝にならないといけない。こんな嵐の夜に国中を飛び回るぐらいの皇帝に）

莉杏ばかりにがんばらせてどうする、と自分を叱り飛ばした。

「今からならぎりぎり間に合うか？　いや、嵐の中を飛ぶとかなり時間がかかる。……そうか！　追い風を狙えばいいのか！」

夏から秋にかけてやってくる大嵐には特徴がある。この嵐は塊になっていて、嵐の東側には強い南風が吹き、反対の西側には強い北風が吹くのだ。

「昼間ならともかく、夜で星も見えなくて地図も見られない状態だと、現在地がわからなくなる。いちいち家を訪ねてどこなのかを訊くのは手間がかかりすぎる」

暗いし、目印になるものがあまりにも少ない。

暁月はどうやったら目的地まで最短距離で行けるのかを必死に考えた。

そして、その答えを出してくれたのは莉杏だ。

「わたくしは龍水河の勉強をたくさんしました！　河の形と橋を見れば、今どこにいるのかわかります！」

莉杏はお任せくださいと胸を張る。

ラーナシュと一緒に流されたとき、どこまで流されたのかわからなくなった。同じことがまたあるかもしれないと反省し、地図を熱心に読みこんでおいたのだ。

「あんた、嵐の東側を回りこむ経路で天権への案内ができる？」

「できます！」

あまりにも頼もしい莉杏の返事に、暁月は笑うしかない。

このときばかりは、朱雀神獣が自分に最高の嫁を与えてくれたのだと信じたくなった。

赤奏国の守護神獣は『朱雀』である。

赤き鳥は慈愛の象徴であり、そして夫婦で一対の鳳凰だとも言われていた。

赤奏国は、先代皇帝が亡くなったあと、先代皇帝の異母弟である暁月が即位した。しかし、それに納得できなかった者……——暁月の異母兄である堯佑は首都を出ていき、人を集めて反乱を起こした。

国を二分する戦いが始まったことに、民が不安を感じていたころ、茘枝城に朱雀神獣が現れるようになった。

朱雀神獣は新たな皇帝を歓迎している。そして、国を二分する内乱を悲しんでいる。

そんな話が国中に広まったことで、暁月は素晴らしい皇帝だと言われるようになり、尭佑の周りからどんどん人が去っていき、内乱はあっさり終結した。

――伝説だと思われていた朱雀神獣は、本当にいる。

暁月は内乱のときに、『真実』をそこまで公表した。

これ以上の真実は必要なかったし、下手なことをしたら逆に不要な争いを生み出すかもしれなかったからだ。

これ以上の真実とは、『皇帝が朱雀神獣の化身』というものである。

赤奏国の子どもは、皇帝陛下は朱雀神獣の化身だと教えられる。しかし、それを本当に信じている者はほとんどいない。

――あの話ね、本当なんだ。守護神獣に認められた皇帝は力を授けてもらえる。

暁月に守護神獣の加護について教えてくれたのは、白楼国の皇帝の『珀陽』だった。

そのときは「くだらない嘘をつくのもいい加減にしろ」と言ったけれど、嘘ではなかった。

即位後、髪と眼の色が変わった。怪我をしてもあっという間に治るようになった。

これだけ妙なことが続いたら、自分の身体になにかあったとさすがに気づく。

――おれは朱雀神獣の姿になることができ、空を飛べる。

暁月はこの真実を、莉杏を含めてごく一部の人間にだけ話しておいた。

正直なところ、ただ説明しただけでは頭の不調を疑われるし、実際に朱雀神獣の姿を見せれば化け物だと驚かれるだろうし、ときには距離を置かれることもあるだろう。

不安もあったけれど、海成には「便利ですが不便ですね」と言われた。服を着たまま朱雀の姿になれば服がちぎれてぼろぼろになり、その状態で戻ると服がないために人前に出られなくなるからだ。

莉杏はというと、とてもあっさり受け入れていた。

「小さいころからずっと、皇帝陛下は朱雀神獣の化身だと言われていました。あれは本当だったのですね！」

すごい！　と莉杏は真実に眼を輝かせる。さすがに小さいころに教わった話をそのまま信じ続けてきたわけではないだろうけれど、真実を教えられたら喜ぶ程度には素直だった。

暁月は莉杏に化け物だと恐れられることを心配していたけれど、その心配はまったく必要なかったのだ。

「色々気を遣ったあのころの自分が阿呆らしいよねぇ」

莉杏は強い。真実を知ったら、暁月に『空を飛んで河を見て、水門の開け閉めの指示を出しにいけ』と言える女だ。

暁月は苦笑しつつ自分の着替えを莉杏にもたせた。

「風が強い。あんたが振り落とされても助けられない。それでも行くか？」

「わたくしは皇后です！　陛下と共に国を助けます！」

少し前、内乱が発生したときだったら、暁月は莉杏の同行を許さなかっただろう。けれども、今は違う。莉杏の覚悟をもう知っている。

「行き先を示すときは大きな声で叫べよ」

「はいっ！」

暁月が頼めば、莉杏は大きな瞳をきらきらさせながら力強く頷いた。

朱雀神獣の身体は、常に朱く燃えている。

この炎は皇后を燃やすことはないだろう、と暁月は言った。

莉杏はその言葉を信じ、背中に乗る。

（熱い……！）

炎が莉杏の身体に触れても、なぜか莉杏は火傷を負うことはなかった。たしかに熱いけれど、我慢できる。

「飛ぶぞ！」

岩の上にある樹林亭、そこで朱雀神獣が羽ばたく。すると、火の粉が舞って莉杏たちの周りを明るくしてくれた。

（うわぁ、綺麗……！）

莉杏は幻想的な光景にうっとりしたけれど、いけないと首を慌てて横に振る。しっかり朱雀神獣の首に掴まっていないと、風に負けて背中から落ちてしまうかもしれない。

力いっぱいしがみついていると、身体がふわりと浮いた。朱雀神獣は莉杏を落とさないように、ゆっくりと上昇していく。

（あれ？　雨が当たらない……？）

周囲をよく見ると、朱雀神獣が放つ熱によって、雨は莉杏へ当たる前に蒸発していた。そして、この熱気が強い風を防いでくれているようだ。

「すごい……！」

朱雀神獣が風に負けないよう力強く羽ばたくたびに、火の粉が落ちていく。それは灯りとなり、行き先を示さなければならない莉杏を助けてくれる。

雨が降っているし、地面までかなりの距離があるので、この火の粉が地上で火事を引き起こすことはないだろう。

（……あ、龍水河が見えてきたわ！）

朱雀神獣は船よりも馬よりも速かった。きっと、はやぶさよりも速いだろう。

（この速さを計算に入れておかないと……！）

莉杏は朱雀神獣の首にしがみつきながら、流れていく景色を見て、数をかぞえ、どのぐらいで下流までいけるのかを考える。

「きゃあっ！」

突然、がくんと揺さぶられた。眼をつむって必死にしがみつき、振り落とされないようにする。再びふわりと浮く感覚のあと、揺れが収まった。きっと横風に煽られたのだろう。

「風が……」

風向きが変わったことを肌で感じる。ぐっと背中を押されている。嵐の西側にきたのだ。

——速い！

はやぶさよりも速かったのに、またさらに速度が上がった。景色があっという間に変わるので、莉杏は頭の中の地図を必死に追いかける。

（ええっと、あの分水点は……）

暁月は、飛びながらではどこにいるのかわからなくなると言っていたけれど、それでも追い風を上手く探し、目的地へ確実に向かっていた。

「陛下！　この先、河が右に曲がります！　河沿いではなくまっすぐに……！」

莉杏が喉が痛くなるほどの大声を出せば、暁月はその通りに飛んでくれる。

流れていく景色を見ていると、どれだけ時間が経ったのか、莉杏はよくわからなくなってきた。それでも、目印になるものを一生懸命探していると、ふっと視界が開ける。雨が降っていないところに出たのだ。

「わっ、わわっ！」

朱雀神獣がゆっくりと下降していく。七つの水門のうち、一番下流にあるものを探そうとしているのだろう。

莉杏は何度も叫び、進路を少しずつ修正していった。


真夜中に予定外の客がきたら、どんな人でも驚く。

赤い髪に禁色の上衣を着た青年——……、誰がどう見ても皇帝の暁月だったので、水門近くで待機していた禁軍の兵士たちは混乱してしまった。

「皇帝陛下⁉」

なぜここにとざわつく中、暁月は責任者を眼で探す。

「被害状況は？」

挨拶はいらないと皆に手を振って示し、責任者に声をかけた。

雨はないが風は強い。それでも暁月の声はよく通り、皆の背筋をぴんと伸ばす力がある。

「あっ……、はい！　水が縷堤を乗り越えたところもありますが、遥堤で食い止めることができています。明日の朝、水位が下がったことを確認すると同時に、縷堤の修理に取りかかるつもりです」

大きな被害はなかったという報告に、暁月はひとまず安心した。

しかし、ここからが問題だ。

「明日は晴れるだろう。だが、縷堤の修理はあと二日待て。この辺りの雨はあがったが、上流で雨が降り続けているから、水位は一時的にしか下がらない。また増水するはずだ。民は避難させたままにしろ。数日は注意しておけ」

暁月が新たな命令をすると、責任者は慌てて頭を下げる。

「おれは今から首都に戻る。……ここの被害が縷堤だけですんだのは、お前たちのおかげだ。上流が落ち着くまであともう少し頼んだぞ」

「はっ！」

暁月は、武官の見送りを素っ気なく断り、闇に紛れて莉杏のところに急いで戻ってきた。

「莉杏、次に行くぞ」

「はい！」

「追い風を摑むまでまた揺れるだろうけれど、我慢しろよ」

「大丈夫です！　しっかり掴まります！」

莉杏は朱雀神獣の背中に乗り、暁月と共に空を飛ぶ。

雨の中に再び入り、強い風に背中をぐいぐい押され、大きく揺れるときもあったけれど、莉杏の気持ちは昂ったままだった。

（陛下が一緒にいればなにも怖くない……！）

目的地が近くなると、朱雀神獣は風を押し返すかのように力強く羽ばたき、火の粉を散らしながらゆっくり降りていく。

そこでも暁月はまた人間の姿に戻り、雨が降る中で水位を確認したあと、水門を守っている武官に新しい指示を出した。

「出発する。まだ行けるな？」

「はい！」

莉杏と朱雀神獣は天権の水門を目指す。今度は嵐を突っ切り、嵐の北側に出た。

（陛下、ずっと飛び続けている……）

飛ぶしかないと言っていた暁月は、言葉通りに全力で飛んでいる。

絶対に疲れているはずだけれど、そんな様子は隠している。

（こんな負担を陛下だけにかけ続けてはいけないわ）

今回を『特別な対応だった』にするために、治水工事を計画的に行っていかなければならないし、洪水の陰で起こるかもしれない悲しい出来事をなくさなければならない。

――どうしてわたくしは今までなにもしなかったのかしら。……もどかしい！

やるべきことはわかっている。それなのに、今から少しずつ進めるしかない。

もっと早くからできたはずだと、これまで歩いてきた道を振り返ってしまった。

「陛下は、焦らないのですか⁉」

龍水河の堤防を、運河を、水門を、そしてたくさんある橋を一つずつ確認し、必要があれば直す。

治水工事だけでも手いっぱいなのに、治水工事をするだけでは食べていけないから、農業やそれを支える仕事、物流に関わる人たちへの支援もしていく。

気が遠くなるほどこの国は広く、そして問題ばかりだ。

莉杏の心細さを表したかのような叫びに、朱雀神獣の姿になっている暁月は飛びながら答えた。

「焦ってる！　なんでもっと早く皇帝になろうとしなかったんだ、ってな」

いつだって誰よりも国のことを考えて的確な指示を出している暁月が、莉杏と同じことを考えていた。そのことに驚いてしまう。

「今は眼の前のことをただやるしかない。おれもあんたもな。右往左往しながら、大騒ぎしながら、結果的に遠回りになっているかもしれないけれど、それでも手元の問題を片付けないと次に移れないんだ」

もっといい方法があるとわかっていても、できないときがある。

莉杏が感じているもどかしさを、暁月は言葉にしてくれた。

「でも、焦るってことは、ある程度は成長したって証拠だ。数月前のあんたは、雨がどれだけ降ろうが気にしなかった」

「そうです！　わたくし、雨が降ってもお手紙箱の置き場所が気になるだけで……！」

河があふれるとか、水門の開け閉めとか、気になることが増えた。きっとこれからもどんどん増えていくはずだ。

「一生かけても気になることはなくならない。そういう役目なんだよ、皇帝と皇后ってのはな」

――『一生』という言葉の重みを、莉杏は今やっと理解できたのかもしれない。

けれども、怯むことはなかった。なぜかというと、暁月が隣にいてくれるからだ。

「一生、陛下と一緒にがんばります！」

朱雀神獣の姿の暁月が、ふっと笑ったような気がする。

「今さら皇后をやめるって言われても、手放す気はないんだけれどね」

いつ離婚をしてもいいようにしていた暁月が、考えを変えて、言葉にしてくれた。

嬉しさがあふれ、莉杏の身体が熱くなっていく。

「ずっとずっとお傍にいますね！」

　朱雀神獣の異名は鳳凰、鳳凰は夫婦で一対の鳥だ。

　暁月と莉杏の二人は、最後の水門に向かってひたすら飛び続けた。


　天権に着くと、雨がぱらぱら降っていた。そして、ただ立っているだけでも重苦しい空気がまとわりつく。これは嵐の予兆だと、今の莉杏にはわかる。

　暁月は地面に降りてから、人間の姿に戻って真紅（しんく）の上衣を身につけ、一人で責任者のところへ向かった。

　他の水門のときと同じく、皆はなぜここに皇帝陛下がいるのかと驚きながらも、慌てて拱手（きょうしゅ）をして頭を下げる。

「大雨がくる。水門を開けて湖の水位を下げておけ」

　暁月が現場の責任者に声をかければ、責任者は大丈夫ですと答えた。

「先日の長雨でいつもより水位は高くなっていますが、今のところ問題はありません」

　天権の水門を守る武官たちは、自分たちの想像を超える大きな嵐がくることを、まだ知らない。それは当然のことだ。

「余裕があるうちに水位を下げておけ。予想外のことなんていくらでもある」

湖から河へと向かう水路の排出能力を超えるような雨が降るかもしれない。

少し前の長雨のせいで今になって土砂崩れが発生し、湖の一部が埋まり、湖に水をためることができなくなるかもしれない。

なにかが起きてからでは遅いのだ。

「龍水河の中流を見張っている部隊に、想定よりも水位が上がったら狼煙を上げろと言ってある。狼煙が見えたら水門を閉じろ」

嵐のあとにも強い風が吹く。どこまで狼煙が役に立ってくれるかはわからない。夜が明ける前であれば、炎が狼煙代わりになってくれるのだが、陽が昇れは……。

「あとは朱雀神獣に祈っておけ」

暁月は、皆に「絶対に大丈夫だ」と断言してやれるような皇帝でありたいのに、現実はこの通りだ。最後はいつだって運任せになってしまう。

やっぱり自分には皇帝の才能がないと思いながらこの場を離れると、莉杏がすぐにより添ってきた。

暁月は、莉杏を濡らさないように腕を上げ、小さな身体を外套の中に入れてやる。

「茘枝城に帰るぞ」

「はい」

莉杏と朱雀神獣は空に舞い上がる。

朱雀神獣の羽根からこぼれるきらきらと輝く火の粉が、ほんの少しだけ莉杏に湖の様子を見せてくれた。

強い風と降り始めた雨が湖を波立たせている。湖の水は龍水河を目指し、大きな水門を通っていく。

（どうか、みんなが無事でいられますように）

あとは茘枝城に帰って、各地からの報告を待つだけだ。

莉杏は朱雀神獣の首に摑まり、ひたすら前を向いた。


茘枝城に戻り、眠(ねむ)れるのであれば少し眠る。

そんなつもりだったのだけれど、予定は変更になった。

「もう無理……かも」

あと少しで茘枝城というところで、暁月は力尽(ちからつ)きた。近くにあった街にゆっくり降り、服を着てから座りこむ。

莉杏は暁月の腕を摑み、ひっぱり上げようとした。

「陛下、まだ眠らないでください！　人を呼んできますから！　それまでは！」

「ここはたしか避難対象になっている街だ。人はいない。木の下でいいって」

「せめて風の当たらないところに……！」

誰もいないので、どの家の扉も開かない。

莉杏はきょろきょろと周りを見て、あれだと眼を輝かせる。

「こちらでおやすみになってください！」

荷馬車の荷台だけが置いてあった。幌(ほろ)がついているので、荷台に乗れば雨と風から身を守れるだろう。

暁月はふらふらしながら幌の中に入り、莉杏をひっぱり上げた。

「朝になったら起こせよ」

「わかりました」

莉杏が暁月に膝(ひざ)を貸すと仕草で示す。

いつもの暁月は「いらない」とはっきり断るのに、今日はよほど疲れているのか、「重かったら払(はら)いのけろ」と言って頭をのせた。そして、すぐに眼を閉じる。

莉杏はひとまずほっとし、肩の力を抜いた。

(陛下は陛下にしかできないことを全力でしてくださった。わたくしもわたくしにしかできないことを全力でしなければ……！)

暁月の行きたいところまで案内したり、こうして枕の代わりをしたり。できないことも多いけれど、これからたくさんできることを増やそう。

まずは……と外を眺める。

（避難した街の人はしばらく戻らないはずだから、陛下が起きたら朱雀神獣の姿になってもらって、茘枝城に戻って……）

一応、茘枝城には書き置きを残しておいたので、皇帝がどこにもいないという大きな騒ぎにはなっていないはずだ。しかし、誰にも言わずに飛び出したので、小さな騒ぎにはなっているかもしれない。

（帰ったらラーナシュとダナシュの様子を見にいって、後宮の様子を見にいって、明煌に声をかけて畑の様子を確認して、茘枝の木が倒れていないかを見て回って……。そうそう、わらべうた集と童話集の話も進めないと）

皇后としてやらなければならないことは、いくらでもある。毎日、眼の前にあるものをどうにかしながら、そして新しい問題も見つけながら、なんとかやっていくしかないのだ。

「……わたくしも陛下も、ずっと忙しいまま。でも『一緒』がまた一つ増えた」

暁月は早い時間に寝室へ戻ってこないだろうけれど、莉杏はきっと以前ほど寂しくならない。一緒にがんばろうという気持ちがあるからだ。

（陛下と夫婦になれて幸せだわ）

温かくてふわふわした気持ちでいっぱいになると、次第に莉杏も眠くなってくる。しっかり眼を開けていなければならないとわかっていても、まぶたがくっついてしまう。

眠りかけてはっとするのを繰り返しているうちに、空が明るくなってきた。風は強いまだけれど、雨は完全に止んでいる。

「陛下、起きることはできますか？　朝ですよ」

「……朝？」

暁月が眠そうな声を出しつつも、立ち上がった。先に荷台から降り、それから莉杏を下ろし、朱雀神獣の姿で帰るかどうかを考え始める。

しかし、人がいないはずの街なのに、どこからか人の声が聞こえてきた。莉杏と暁月は顔を見合わせる。

「声？　避難民が戻ってきている……⁉」

今は上流で雨が降っていて、その水が中流にも押しよせている最中だ。

暁月は、万が一のことを考えて民を避難させたままにしておけと命じておいたけれど、もう大丈夫だと判断した誰かがいたのだろう。

命令に従うというそれだけのこともできない軍人がどうしているんだ、と暁月は嘆きたくなったが、今はそれどころではないと気持ちを切り替える。

「しまった……！」

「あ、馬車を勝手に使ってしまいました！」

莉杏が馬車を振り返り、きちんと掃除しようとするが、暁月に腕をひっぱられてしまう。

「まずいぞ。こんなところだと、禁色を着ている皇帝がいても、誰にも信じてもらえないって。今のおれたちは完全に詐欺師だ」

暁月は建物と建物の隙間に隠れ、まずは真紅の上衣を脱ぐ。それを裏返して丸め、目立つ赤色の髪もできるだけ外套の中に入れた。

莉杏も袖をまくり、外套の中に真紅の色を隠す。

「戻ってきたやつらに紛れて外へ出る。無理してでも昨夜のうちに戻ればよかったな」

足音と人の声がどんどん近づいてくる。もう少ししたらかなり賑やかになるはずだ。

莉杏と暁月はこそこそと大通りの様子を窺う。すると、不意に声をかけられた。

「おい、あんた……」

「っ、なんだ⁉」

莉杏は暁月の手によって素早く建物の壁に押しつけられる。覆いかぶさってきた暁月の身体が視界をさえぎっていて、話しかけてきた人がまったく見えない。

「見ない顔だな。旅人か？」

「そうだ！　避難のときに恋人とはぐれて、ようやく再会できたところだ！」

莉杏は息を呑む。大事なことに気づいてしまったのだ。

（これは……もしかして『あれ』なのでは⁉）

胸を高鳴らせる莉杏とは逆に、暁月は珍しく慌てている。

「禁軍が広場で支援物資を配ってくれるらしい。あんたもくるといい」

「それは助かるな。教えてくれてどうも。あとで行く」

「恋人、見つかってよかったな。ごゆっくり」

ははは、と笑って去っていく街の人は、ただ声をかけてくれただけだったらしい。

暁月はため息をつき、周りを確認してからそっと身体を離した。

「あんたを妹と言いきるには顔が似ていないんだよな……って、おい」

なぜか莉杏の瞳がきらきら輝いている。

暁月はまたろくでもないことを考えているなと察した。

「陛下、陛下、わたくしの夢がまた一つ叶いました！」

莉杏は暁月の腕を掴み、背伸びをする。

――正体を明かせない主人公が、恋のお相手役と恋人同士のふりをして顔を隠すという展開は、恋物語の定番だ。

莉杏は、暁月とどきどきはらはらしたいという夢を、ついに叶えてしまった。

「あのですね、どういう夢かというと……！」

「死ぬほどくだらない夢だろ、それ。言わなくてもいい。ほら行くぞ」

「わたくしにとってはとても大事な夢だったのです！　今の、陛下はどきどきはらはらしましたよね⁉」

「してたしてた。社会的に死ぬのは絶対に嫌だからな。あんたはどうでもいいことを考えて幸せそうにしていたみたいだけれど？」

「わたくしだってどきどきはらはらしていました！」

嬉しいという気持ちを満面の笑みで表現してくる莉杏に、暁月は呆れてしまう。

「そんなことより急ぐぞ。帰ったら忙しいからな。まずは……うさんくさい客を追い払うところからだ」

暁月はにやりと笑った。

莉杏は大きな瞳を円くする。

先ほどまでの暁月は『恋物語の主人公の顔』をしていたのに、なぜか突然『英雄譚の悪役の顔』になっていた。

荔枝城に戻れば、暁月は各地から入ってきた被害報告を聞いて新しい指示を出し始めた。莉杏は後宮や荔枝の木の被害状況を確認し始めた。

「大変だ！　皇后殿、大変だぞ‼」

あちこちを走り回っている莉杏に駆けよってきたのは、顔色を変えたラーナシュだ。

「ご機嫌よう。なにかありましたか？」

きっと、飛んできたもので部屋の窓が割れたとか、天井から水が漏れてきたとか、昨夜の嵐に関係することが起きたのだろう。まずは落ち着いて……と莉杏はラーナシュをなだめる。

しかし、ラーナシュは勢いよく首を振った。

「違う！　ダナシュだ、ダナシュがいない！」

「お散歩をしているのではありませんか？　久しぶりに気持ちよく晴れていますよ」

「散歩ではない！　本当にいない！」

ラーナシュは赤奏語が上手く出てこないのか、あれこれと単語を並べていった。

「ダナシュの手紙があった！　ヤビドラといると！」

「なら安心ですね」

「違う！　ダナシュがもっていた大事な王の……いや、ええっと、家宝の石もない！」

「……ダナシュがもっているんですよね？」

「そうだが、違う！」

焦るラーナシュのうしろから、静かに明煌が現れる。

「皇后陛下、ダナシュ殿の書き置きを見せていただいたのですが……」

明煌は落ち着いているけれど、なぜか顔に『気の毒だ』と書いてあった。

「『真実の愛をヤビドラと摑みにいきます。捜さないでください』と書いてありました」

明煌は、莉杏だけに聞こえるよう耳元でぼそっと呟く。

莉杏はしばらく意味を考え……驚いた。

「か、駆け落ち……!?」

「みたいです。従者の方々が、ダナシュ殿の宝飾品が荷物から全部消えたと言っていて……」

物語のような出来事が現実になった。

莉杏は「すごい！」と叫びたくなるのを我慢する。ラーナシュにとっては絶対に受け入れられないことだろう。

「わたくしは陛下に相談してみますね。まずはダナシュを捜してみましょう」

ラーナシュは「頼む」と言ったあと、叉羅語でなにかを喋った。

莉杏は叉羅語をほとんど理解できないので、微笑んでうんうんと頷き、それから急いで暁月のところへ向かう。

暁月は、各地からの報告をちょうど聞き終わったところだったらしい。莉杏に、収穫後の田畑が水に浸かったところはあっても、人や家の被害はなく、今のところはどこも大丈夫そうだと教えてくれた。

「陛下、ラーナシュのことなのですが……」

「ダナシュとヤビドラの駆け落ちの話か？」

　莉杏が話そうとしていたことを先に言われてしまった。莉杏は眼を円くしてしまう。

「ご存じだったのですか⁉」

「駆け落ち用の馬を用意してやったのはおれだからな。風が強い今ならみんな外套で顔を覆っているし、人目にもつきにくいから逃げ切れるだろうって」

　ダナシュとヤビドラの駆け落ち事件の裏には、暁月という黒幕が隠れていた。

　莉杏は駆け落ち事件の真相に興奮してしまう。

「陛下は真実の愛を貫くべき派だったのですね！」

「不倫はおれの見えないところでやれ派だ。ダナシュが出ていけば、ラーナシュがダナシュを追って出ていく。これでせいせいするぜ」

　莉杏がダナシュとヤビドラの不倫の話をしたときには、暁月の頭の中にはこの策があったのだろう。ずっと前からこんな計画を立てていたことに、まったく気づかなかった。

「陛下はすごいです……！」

「そうだよ、おれはすごく性格が悪いやつなんだ。ラーナシュには、白楼国に向かう街道で叉羅国人の男女が目撃されていたと、あとで教えてやるよ」

　ラーナシュはダナシュたちを追いかけていくだろう。追いつけるのは白楼国に入ってからにしておけば、面倒ごとを珀陽に押しつけることができる……という暁月にとっての最高の終幕になる。

「でも、ラーナシュが気の毒ですね……」

ラーナシュが本当にダナシュを愛していたかというと、そうではないだろうと莉杏は勝手に思っている。ラーナシュは婚約者のダナシュを大事にしていた。けれど、きっとそれだけだった。

しかし、ダナシュへ誠実に向き合ってきたのは間違いない。裏切られたことに傷ついたはずだ。

「いいんだよ。あいつは恋愛小説に出てくる『真実の愛』を盛り上げるための当て馬じゃないからな。冒険小説の主人公なんだろう？」

莉杏はそうだったと笑顔になる。

冒険小説の主人公は、困難を乗り越えたら次の困難が現れる。けれども、最後の最後だけは困難ではなく、主人公にぴったりの恋人が現れるのだ。

「ラーナシュは、自分で幸せを掴める人です！」

きっとラーナシュは、落ち着いたら「久しぶりだな」と赤奏国に顔を出してくれる。彼の冒険の続きを楽しみにしていよう。

終章

叉羅国の司祭ラーナシュと、その婚約者ダナシュ、従者のヤビドラによる不倫騒動の結末は、暁月の予定通りに進んでくれた。

ラーナシュは、ダナシュとヤビドラが駆け落ちしたことを認められず、「きっとなにかの事件に巻きこまれたんだ！」と叫び、二人を追いかけるための準備をすぐに始めた。

そして、ラーナシュの従者たちは、莉杏たちを見て首を横に振る。「なにも言わずにそっとしておいてやってくれ」という意味であることは、莉杏たちにしっかり伝わった。

「ソウシユウ！　皇帝位の簒奪が成功したのかどうかとても気になっているが、俺はダナシュを助けなければならない！　続きを聞きにまたくるからな！」

「いらっしゃるのを楽しみにしていますね～！」

余計なことばかりをべらべら喋ると言われている双秋も、さすがに空気を読んだ。「これって駆け落ちってやつですよね！」とは言わず「がんばってください！」と言い、笑顔でラーナシュを送り出す。

莉杏は、ダナシュもラーナシュも応援したかった。急いで出発する馬車に手を振りながら、二人の旅の無事を祈る。

今回の一件は、叉羅国の司祭一行が旅の途中に荔枝城へ立ち寄り、楽しく過ごしたあとに白楼国へ旅立っていった……という、よくある終わりになった。


叉羅国の司祭一行が出発したあと、莉杏の日常が戻ってきた。

莉杏の仕事は、堤防の修理をすることでも橋の修理をすることでもない。各地にある受け継がれてほしい歌や言い伝えを集め、まとめることだ。

まずはわらべうた集を完成させることにして、あちこちを走り回る。

「皇后陛下、このような見本をつくってみました」

宝晶の見本のおかげで、女官や宮女が気軽に手紙を書けるようになった。

「今回はわからないところを尋ねたくなることもあるでしょうから、皆へできるだけ手紙に名前を書くよう言っておきました」

女官長は莉杏のやりたいことを理解し、そっと手助けしてくれた。

「子ども向けの楽譜集ですから、この位置に歌を、こちらの位置に譜を書くのはどうでしょうか」

琵琶の名手でもある文官の陶功峰は、琵琶の演奏の技法をまとめ、書物にした経験がある。頁をどのように使ったらいいのかという宝晶の相談に応え、誰もが読めて理解できるわらべうた集になるよう、色々な形を考えてくれた。

「市井に流通させるときは、装丁を凝らなくてもいいんです。ですが、皇后陛下の名前でつくられた書物は、茘枝城の書庫へ入れることになるので、保管用としての華美な装丁のものもつくっておいた方がいいでしょう。表紙はこの金箔を混ぜたもので……」

海成は、かつて暁月の代わりに皇帝詩歌集をつくったことがある。そのときの経験を生かし、書物という形への助言をくれた。

そして、莉杏の計画に協力してくれたのは、一部の女官や官吏だけではない。

——この度、皇后陛下が子どもたちのためのわらべうた集をつくられることになりました。まずはこの後宮からできるだけ多くのわらべうたを集めることになりましたので、宮女も故郷のわらべうたを手紙に書き、お手紙箱に入れておきなさい。

女官長から「皇后のお手紙箱を使え」と言われた宮女たちは、顔を見合わせた。

元々、お手紙箱を使いたかったわけでもない。貴女たちは使えませんと言われたときだって、特になにも思わなかった。

「わらべうたを書いてお手紙箱へ入れるようにって……、本当にいいのかしら」

「本気にするなって叱られたりしない？」

戸惑う宮女たちに声をかけたのは女官だ。今はとにかく多くのわらべうたを集めたいからぜひ協力してほしい、と宮女に頼む。

女官はそのあとも、「こんな字では恥ずかしい」「どう書けばいいの？」と首をかしげる宮女へ、どうやって手紙を書いたらいいのかを教え、手本を書き、字の指導をした。

普段は、官位ある女官と下働きでしかない宮女の間には、言葉すらかわさないという高い壁がある。

しかし、今回のことで、『壁はあるけれど必要以上にぴりぴりしなくてもいい』ぐらいの距離になるという嬉しい効果もあったのだ。

「――完成です！」

色々な人に助けられて完成したわらべうた集は、まず暁月に贈られた。

それから莉杏は後宮に三冊渡し、女官や宮女が自由に読めるようにしてもらい、茘枝城の書庫にも入れてもらう。

「これ、私の名前だわ！」

「私の名前も書かれている……！」

莉杏の頼みに快く応じてくれた後宮の女官や宮女は、故郷のわらべうたが載っているかどうかをいそいそと確認した。

　皇后の書物の作成に関わったというだけでも誇らしいのに、そこに協力者として自分の名前が載っていたことに、興奮を隠せない。

「このわらべうた集を故郷にたくさん送っておかないと！」

「私は友達に手紙を……！」

　女官たちは、はしゃぎながら自分の名前を指差す。まさかここまで自分たちを立ててくれるなんて、思ってもいなかったのだ。

「嘘……、私の名前もあるなんて……！」

　今回のことで、一番喜んだのは宮女だろう。皇后がつくった書物に、官位もない下働きの女の名前が載るなんて、信じられないことだ。誰もが慌てて家族に手紙を書いた。

　このような栄誉を頂ける機会が後宮にはあること、親族の女の子へ字の読み書きの練習をしっかりさせておいてほしいこと、それから楽器を必ず学ばせておくことも、丁寧な字で記す。

　そして、次の童話集に向けて、早速字の練習に取り組んだ。故郷の物語を自分で書き起こすという新しくて難しい課題に、今から挑まなければ間に合わない。

「やっぱり女にも学が必要よ。こんなことがあると知っていたら……！」

「精いっぱい丁寧に書いたけれど、皇后陛下にこの字を見られるのは恥ずかしいわね」

「物語ってどう書けばいいの⁉　もっと書物を読んでおけばよかった……！」

後宮では、『童話を書くための勉強』というきっかけによって、読書が流行った。

最初は目的があっての読書だったけれど、読んでみたらとても面白いと感じた者が多く、書物の貸し借りが盛んになったのだ。

元々、莉杏は恋愛小説を好んでいたので、宮女たちが気軽に読めるような書物を揃え、後宮の書庫へ置いた。それも読書という流行を後押しした。

そして、後宮内で話題となっている『わらべうた集』に、茘枝城で働く官吏たちも興味をもち始める。

「皇后陛下のわらべうた集に故郷の歌が載っていたんですよ。そうそう、これです」

「私の故郷の歌もありました。いやいや、皇后陛下の書物に載るとは……！」

誰かが「故郷のわらべうたが載っていた」と言い出した途端、自分の知っている曲もあるのではないだろうかと、皆が手に取り出した。知っている曲が載っていれば喜び、故郷に住む親戚に送ったと自慢する。

それと同時に、後宮で流行している『読み書きと楽の練習』と『読書』もまた、茘枝城の官吏に影響を与え始めていた。

「最近の女官や宮女は、学があるかどうかで競い合っているらしい」

娘をもつ官吏は、娘のこれからのことを考え、「読み書きをしっかりできるようにして、綺麗な字を書けるようにもしておきなさい。書物を読んでもっと学びなさい」と家で言うようになった。

　金がある家は、女性の家庭教師を捜した。学のある女性は後宮に集まっているのでなかなか見つからないだろうと思っていたが、意外にもあちこちにいたのだ。

　そのあちこちにいる『学のある女性』とは、先の皇帝の時代の後宮で働いていた女官たちである。実家が裕福だった元女官は家に帰ればよかったけれど、そうではなかった元女官は再就職先に困っていた。彼女たちは、自分たちの経験を生かせる新しい働き場所を見つけることができて、とても喜んだ。

「きっと皇帝陛下は賢い娘を好んでいるのだろう。見目麗しいだけでは駄目だ」

「蕗宰相は孫娘の教育に力を入れていたんだな。今から孫娘を教育して、間に合うかどうか……」

　たった一冊の『わらべうた集』によって、少女のための教育の種が、じわじわとあちこちに撒かれていた。

「へぇ……？」

　官吏たちの世間話を偶然聞くことになってしまった暁月は、「ちょっと待てよ」と言いたくなるのを我慢した。

莉杏は、たしかにたった十三歳で子どものためのわらべうた集や童話集をつくると言い出した。しかし、莉杏は子どもを守りたかっただけだ。少女のための教育だとか、追い出された元女官たちに再雇用のきっかけを与えるとか、そこまでは絶対に考えていない。

「……それでも」

暁月は晴れている空を見上げる。

青い空のどこかで、鳥が鳴いていた。

「自分の嫁が褒められると気分がいいよなぁ……」

莉杏と出逢ってから、新しい感情が自分の中に生まれている。

自分の身内のほとんどがろくでもない人間だったので、身内を褒められると嬉しいということを、この年になってから初めて味わえたのだ。

「あいつは慣れていることかもしれないけれどさ」

でも、嬉しいことは、何度もあっていいはずだ。

――おれもときどきは褒められる皇帝になってやらないと。

莉杏ばかりにがんばらせるわけにもいかない。自分にもそういう目標が一つぐらいならあってもいいだろう。

おれも変わったなと思いながら皇帝の私室に戻ると、莉杏が待ち構えていた。

「陛下の分は特別な装丁にしました！」

そういえば、今夜はあのわらべうた集を一緒に眺めるという約束をしていた。禁色の真紅と金箔で飾った豪華な表紙の書物を、暁月はしかたなくぱらぱらとめくっていく。

「子どものために残しておきたい歌ねぇ……」

「次は童話集をつくるのです。女官も宮女も張りきっていて、故郷の物語をたくさん書いてくれています」

　暁月は珍しく穏やかな表情で「ふぅん」と言った。

「このわらべうた集を白楼国にも贈ってやるか。あと三冊、白楼国用のものをつくれ」

「はいっ！　喜んでもらえる装丁にしますね」

　莉杏は『贈りもの』というよくあることを暁月がするのだと思った。

　しかし暁月にとっては、ただのよくあることではない。

　珀陽がこのわらべうた集を受け取ったら、絶対に悔しがる。少女のための教育制度の一番大事なところを、一気に国中へ広めることができる女なんて、珀陽の妃にはいない。

　赤奏国に出向してきたあの女性文官なら考えつくかもしれないが、彼女には莉杏のような権力がない。実現までに十年はかかる。

（うっわ、これを開いた瞬間の珀陽の顔が見たい……！）

　赤奏国にも、あの白楼国より優れている部分がある。

　それが皇后『莉杏』なのだ。

「……あ、これがあんたのつくった歌？」

とある頁に龍水河の龍についての歌があった。

大きな大きな龍よ
あなたのすきなものはなんですか
花やくだものです
大きな大きな龍よ
あなたのきらいなものはなんですか
人やふねです
水の中にしずんでいたらたいへんです
あわててはきだします

短い解説文には、龍は好き嫌いが激しくて、嫌いなものを食べたら吐き出そうとして洪水を起こしてしまう、と書かれている。

「宝晶がわたくしの詩に曲をつけてくれたのです。そうしたら功峰はもっと楽しい曲調の方がいいのではないかと言い出して、二人の話し合いがとても長引いて……」

莉杏は楽に詳しい二人の間に入り、まあまあとなだめる役だった。

とても激しい話し合いになったけれど、宝晶も功峰も初めての試みを楽しみつつ、力を合わせてくれた。そして古くから伝わっている曲という形にするため、この曲は『作者不明』になった。

「……ちょっと弾いてみるか」

「え⁉　陛下がですか⁉」

「あんたへのご褒美も兼ねて、何曲か弾いてやるよ。それとも一緒に弾くか？」

「一緒に弾きたいです！」

暁月は、気分が乗ったときだけ歌をうたってくれたり二胡を弾いてくれたりする。

莉杏はやったと喜び、二胡と琵琶を用意してほしいと暁月の従者に頼みにいった。

「陛下、恋の歌もあるのです！　わたくしと合奏してください！」

「どれだ？　……はぁ？　これ悲恋の曲だろ。縁起でもねぇな。他のにしろ」

暁月が文句を言うと、莉杏が「それなら……」と楽しそうに他の曲を探す。

うきうきと頁をめくる莉杏の小さな手を見守りながら、暁月はなにげない自分の発言に今更驚き始めた。

（……縁起でもないとか、なんでそんなことを気にしたんだ？）

悲恋だろうが悲恋ではなかろうがただの曲だろ、という冷めた発言をするのが自分だったはずだ。いつの間にこんなつまらないことを考えるようになったのだろうか。

「夫婦って似てくるんだな……」

晩月はそう言ってため息をついたけれど、心底嫌がっているような声色になってくれない。今夜はなんだか調子が悪い、と自分に言い訳してしまった。

「陛下！　この曲を一緒に弾きましょう！」

莉杏が選んだ恋の曲を、晩月は莉杏と一緒に弾く。

わらべうたなのでとても短く、すぐに弾き終わってしまうのだけれど、莉杏の琵琶の音がなめらかになっていることに気づいた。

『楽譜を見て弾ける』から『楽譜を見て上手く弾こうとしている』になったのは、努力を続けたからだろう。

「前より上手くなったな」

「本当ですか⁉」

晩月に褒められた莉杏は大喜びしたあと、こほんと咳払いをする。

「楽というものは、楽譜をそのまま弾けばいいというものではないのです。わたくしは、つくった人の気持ちや生い立ちまでしっかり考えてから弾きました」

晩月は、立派なことを言い出した莉杏に、冷めた声で答える。

「今のは誰の受け売りだ？」

「宝晶です！」

宝晶は莉杏の琵琶の先生だ。

先生の教えをしっかり覚えていると褒めるべきか、それとも折角の教えをまだ丸呑みしているだけだと指摘すべきか、暁月は迷ってしまう。

「わたくしが前より琵琶を上手く弾けるようになったのは、練習によって技術が向上したというのもたしかにあります。ですが、なによりも陛下を好きという気持ちがより深まったからこそ、恋の曲に深みが生まれたのです！」

暁月は、わらべうたを一曲弾いたぐらいで気持ちの深まりがどうのこうのと言われても、心の底から「へぇ」としか思わない。

「ならおれもこれから上手くなるのかねぇ」

「絶対になります！」

莉杏は「陛下の愛を頂けるようにがんばります！」と決意を熱く語ってくれる。

いつもの暁月なら適当な返事をして終わりにしたけれど、今日の合奏は莉杏へのご褒美だ。だからもう少しだけ甘ったるい言葉をかけてやることにした。

「そこはさぁ、『もう前より上手くなってる』って、おれを褒めるところだろうが」

「陛下は元々とてもお上手で……」

莉杏は暁月の『おれを褒めるところだ』に反応したあと、首をゆっくりかしげた。

そして、少し考えたあと、大きな瞳を円くする。

　暁月は莉杏の表情の変化を、黙って眺め続けた。

「えっ、えっ⁉　陛下、もう前より上手くなっているのですか⁉　本当に⁉」

　愛が深まることで、恋の曲への理解が深まり、上手く演奏できるようになる。

　つまり、暁月が前より上手くなったということは、逆に考えれば、莉杏への愛が前より深まっているという意味になるのだ。

「上手くなったかどうかを判断するのはあんただろ。おれは弾いただけ」

「でも、合奏していると、上手く弾こうとして手元に集中してしまうのです。次は陛下だけで弾いてください！」

「合奏してって言ったのは、あんたじゃなかったっけ？」

　きゃあきゃあ騒ぐ莉杏に、暁月は鼻で笑う。

　いつかは、莉杏の望み通りに甘ったるく弾くこともあるかもしれない。しかし今はまだ、楽しく弾くだけで充分だろう。

終

あとがき

こんにちは、石田リンネです。
この度は『十三歳の誕生日、皇后になりました。5』を手に取っていただき、本当にありがとうございます。

今回、莉杏は皇后として大きな第一歩を踏み出しました。

ちょうどいいからで皇后になった莉杏がゆっくりと成長していくところを、暁月の気持ちが変化していくところを、巻数を重ねて書くことができて本当に幸せです。

夫婦として、皇帝と皇后として、夜毎に絆を深めていく莉杏と暁月を、これからも温かく見守って頂けると嬉しいです。

コミカライズに関するお知らせです。秋田書店様の『月刊プリンセス』にて連載中の青井みと先生によるコミカライズ版『十三歳の誕生日、皇后になりました。』の第二巻が、二〇二一年七月十五日に発売します。

表紙がとても可愛い第二巻は、莉杏と暁月の見せ場が続きます。莉杏と共に、どきどきとはらはらを楽しんでください！

　そして、白楼国の茉莉花と珀陽が主役の、高瀬わか先生によるコミカライズ版『茉莉花官吏伝～後宮女官、気まぐれ皇帝に見初められ～』の第四巻も同時刊行しております。二つの小説と共に、二つの素敵なコミカライズもよろしくお願いします。


　この作品を刊行するにあたってお世話になった方々にお礼を申し上げます。

　ご指導くださった担当様、可愛い夫婦の時間を描いてくださったIzumi先生（ラストシーンをカラーで見ることができて幸せです！）、コミカライズを担当してくださっている青井みと先生、高瀬わか先生、当作品に関わってくださった多くの皆様、手紙やメール、ツイッター等にて暖かい言葉をくださった方々、いつも本当にありがとうございます。これからもよろしくお願いします。


　最後に、この本を読んでくださった皆様へ。

　読み終えたときに少しでも面白かったと思えるような物語であることを祈っております。

　またお会いできたら嬉しいです。

石田リンネ

■ご意見、ご感想をお寄せください。
《ファンレターの宛先》
〒102-8177 東京都千代田区富士見2-13-3
株式会社KADOKAWA ビーズログ文庫編集部
石田リンネ 先生・Izumi 先生

●お問い合わせ
https://www.kadokawa.co.jp/（「お問い合わせ」へお進みください）
※内容によっては、お答えできない場合があります。
※サポートは日本国内のみとさせていただきます。
※Japanese text only

十三歳の誕生日、皇后になりました。5

石田リンネ

2021年7月15日 初版発行
2021年11月15日 再版発行

発行者	青柳昌行
発行	株式会社 KADOKAWA 〒102-8177 東京都千代田区富士見2-13-3 （ナビダイヤル）0570-002-301
デザイン	島田絵里子
印刷所	凸版印刷株式会社
製本所	凸版印刷株式会社

ISBN978-4-04-736694-7 C0193

定価はカバーに表示してあります。

◇◇◇